Le Sieur de Fourcilion est la personne est qui en sait peu de chose, sinon qu'il estoit Secrétaire de Gaston Duc D'Orléans et qu'il mourut en 1662. ne publia de son vivant que quelques pièces fugitives. après sa mort d'en aurir sinont paroitre certoeries dont il n'y a que cette seule. W. Dry remarque le Conte de Jaconde qui a été preferé par certaine genre à celuy de la fontaine.

6895.

B.L.

LES
OEVVRES
DE FEV MONSIEVR
DE BOVILLON,
CONTENANS

L'histoire de Ioconde.
Le Mary Commode.
L'Oyseau de Passage.
La mort de Daphnis.
L'amour desguisé.
Portraits.
Mascarades,
Airs de Cour.

Et plusieurs autres pieces galantes.

A PARIS,

Chez CHARLES DE SERCY, au palais, au sixiesme
pillier de la grand' Salle, vis à vis la montée
de la Cour des Aydes, à la bonne
Foy couronnée.

M. DC. LXIII.
AVEC PRIVILEGE

HISTOIRE
DE
IOCONDE,
TRADVITE ET IMITEE
DE L'ARIOSTE.

E AV sexe à qui dés mon ieu-
ne âge
I'ay tousiours rendu tant
d'hommage,
Et vous amants qui respectez,
La gloire des ieunes beautez,
Pardonnez si i'ose traduire
Vne histoire qui vous peut nuire,
Et si i'expose aux yeux de tous
Ce qui vous doit mettre en courroux;
Bien loin de faire voir au monde
Le discours qu'on fait de Ioconde

A

Comme remply de verité
Ie le souftiens mal inuenté
Faux, mesdifant & detestable
Et mesme indigne de la fable.
Moy dont les plaintes & les vers
Ont fait voir à tout l'Vniuers
Le respect que i'ay pour les Dames
Et l'infortune de mes flammes,
Ie sçay trop ce que m'ont cousté
Mes amours & leur cruauté,
Ainsi iè vòy comme des songes
Et l'Ariofte & ses mensonges
Et vous pouuez ainsi que moy
N'auoir pour eux iamais de foy.
Si quelqu'ame vindicatiue
Voulòit prendre l'affirmatiue
Pour deftruire ce que dis
Au mespris de quelque Philis,
Ie le renuoye en Italie
Où les maris ont la folie
De fe monstrer touſiours jaloux
Et de vouloir fous des verroux
Tenir les volontez des femmes,
Comme fi les bruslantes flammes
Ou de Vulcain ou de l'Amour
Se cachoient au creux d'vne tour,
Comme fi la fille d'Acrise

En auoit esté moins surprise,
Et si l'on ne se mocquoit pas
Des inutiles cadenas.
La vertu des femmes s'irrite
Par la precaution maudite
Que font naistre les vains soupçons
De ces gens par de-là les monts,
Et si quelques-vns ont pû croire
Que Ioconde fust vne histoire,
C'est en ce pays mal-heureux
Ou c'est vne histoire pour eux.
Elle est pour eux trop veritable
Mais pour nous ce n'est qu'vne fable,
Et s'il vous plaist de l'escouter
Ie m'en vay vous la raconter.

Astolphe Roy de Lombardie,
A qui son frere plein de vie
Laissa l'empire glorieux
Pour se faire Religieux,
Nasquit d'vne forme si belle
Que Zeuxis & le grand Appelle
De leur docte & fameux pinceau
N'ont iamais rien fait de si beau.
Mais si sa grace sans pareille
Estoit du monde la merueille,
Plus beau cent fois il se croyoit
Que le monde qui le voyoit.

Il n'eſtimoit rien ſa couronne
Ny les auantages que donne
Le Royal eſclat de ſon ſang,
Il meſpriſoit ce premier rang
Qu'il tenoit entre tous les Princes
Dans les Italiques Prouinces:
Il comptoit pour rien ſes threſors
Au prix des charmes de ſon corps
Que mille flateuſes loüanges
Eſleuoient au-deſſus des Anges,
Entre pluſieurs gens de ſa Cour
Le Roy s'enquit de Fauſte vn iour
Si iamais il auoit veu naiſtre,
Depuis qu'il ſe pouuoit connoiſtre,
Rien qui fuſt comparable à luy;
Et ce luy fut vn grand ennuy
Quand Fauſte baniſſant la crainte
Luy tint ce langage ſans feinte.

　Seigneur, ie croy que le Soleil
Ne void rien qui vous ſoit pareil
Si ce n'eſt mon frere Ioconde
Qui n'a point de pareil au monde;
Et s'il paroiſſoit deuant vous
Ie croy qu'au iugement de tous
Il emporteroit la victoire.
Le Roy ne voulut point le croire,
Mais afin de le mieux ſçauoir

Il se seruit de son pouuoir,
Et d'vn accent vn peu seuere
Il dit qu'il vouloit voir ce frere.
Fauste auoit beau se tourmenter,
Il auoit beau reprensenter
Que son frere estoit vn ieune homme
Nourry dans les plaisirs de Rome,
qu'il n'en estoit iamais sorty,
Qu'il auoit choisi le party
D'y passer doucement sa vie,
Que de venir iusqu'à Pauie
C'estoit aller au Tanays :
Qu'il n'aymoit rien que son pays,
Que sa fortune estoit honneste,
Qu'il ne se mettoit point en queste
Pour amasser de plus grands biens,
Qu'il estoit trop content des siens,
Qu'auec eux il viuoit tranquille :
D'ailleurs qu'il estoit difficile
De le tirer de sa maison
Où son cœur estoit en prison
Auprés de son aymable femme;
Qu'ils n'étoient qu'vn corps & qu'vne
    ame,
Et que de separer leur corps
C'estoit leur donner mille morts.
Malgré ce discours raisonnable,

Le Prince fut inexorable
Et ioignant à ses volontez
De grandes liberalitez,
Pour ne le pas mettre en cholere
Fauste s'en va querir son frere.
Il part & fait tant de chemin
Qu'en peu de iours le mur Romain
Et la maison qui l'a veu naistre
A ses yeux se firent paroistre.
Là, ce que la dexterité,
Pour vaincre vne difficulté,
Au cœur d'vn courtisan inspire,
Fauste se souuint de le dire,
Et sceut par vn discours flateur
Surmonter son frere & sa sœur.
Le iour fut pris pour le voyage,
Ioconde fait son équipage,
Il dresse vn magnifique train,
Il choisit des cheuaux de main,
Mais toute sa magnificence
Parut sur tout en la déspence
De ses riches habits dorez,
Car il sçait que les gens parez.
D'or, de plume & d'estoffe fine
En ont souuent meilleure mine.
Deux ou trois nuits auant le iour
Qu'il falloit vaincre son amour

Pour prendre congé de sa femme,
En des termes tous pleins de flamme
Elle luy disoit, cher espoux,
Comment pourray-ie estre sans vous ?
Vostre presence fait ma vie,
Et ie sens qu'elle m'est rauie
En ce depart trop rigoureux
Qui nous va separer tous deux.
Helas par de cruels supplices
Ie vais bien payer les delices
Que vous m'auez fait ressentir,
Et ie dois bien me repentir
D'auoir trouué si desirables,
Ces biens charmants & peu dura-
    bles :
Et que mon cœur seroit heureux
S'il pouuoit mourir auec eux.
A ces mots elle ouuroit la bouche
Et de larmes baignant sa couche,
Ses sanglots, ses soufpirs, ses pleurs,
A l'enuy monstroient ses douleurs.
Ioconde son mary fidele
Pleuroit amerement comme elle,
Mais il luy iuroit mille fois
Qu'il reuiendroit auant deux mois
Et que son funeste voyage
Ne dureroit pas dauantage,

Quand à deffein de l'engager
Aftolphe voudroit partager
Pour luy fon propre Diadême,
Son Thrône, & fa richeffe extréme,
Ioconde par tous fes difcours
Ne pouuoit arrefter le cours
Des pleurs de fa femme affligée :
Le mal où fon ame eft plongée
Rend deux mois à paffer fi lents
Qu'ils font pour elle deux mille ans,
Et le mary qui la confole
Voudroit retenir fa parole,
Mais le repentir eftant vain,
La Dame fe tira du fein
Vne croix pleine de reliques,
Precieufe & des plus antiques
Qui fut de la fainte Sion
Rapportée en deuotion
Iadis à la ville de Rome
Par vn pelerin fort faint homme,
Et cét homme faint & pieux
En fit vn don à fes ayeux.
La ieune Dame inconfolable
Luy fit ce prefent agreable
Pour eftre d'elle à l'auenir
Vn aymable & doux fouuenir.
L'efpoux plein de tendreffe & d'aife

Reçoit son present & le baise,
Disant qu'elle seroit tousiours
L'objet de ses chastes amours,
Qu'il ne luy falloit point de gage
Pour conseruer sa belle image
Iusques à ce dernier moment
Qui le mettroit au monument.
Enfin, la nuit des nuits la pire
Precedant l'Adïeu qu'il faut dire,
La Dame se pasme à tous coups
Entre les bras de son espoux,
Et de mille douleurs atteinte
Elle n'épargne ny la plainte
Ny les larmes, ny les souspirs
Pour tesmoigner ses déplaisirs.
Ioconde vne heure auant l'Aurore
Quitte sa femme qu'il adore
Et si-tost que l'adieu fut dit
Elle va se remettre au lit.
L'espoux au sortir de la ville
N'auoit guere fait plus d'vn mille
Qu'il se souuint pauure insensé
Sous son cheuet d'auoir laissé
Cette croix que tant il reuere,
Cét aymable & beau Reliquaire,
Ce gage precieux & saint
Du lien sacré qui l'estreint.

A v

Helas, difoit-il en foy-mefme,
Que penfera celle que i'ayme
Me voyant d'vn cœur méprifant
Oublier ainfi fon prefent?
Mal-heureux, eft-il quelque excufe
Pour faire qu'elle ne m'accufe
De n'auoir pas bien eftimé
Vn don fi digne d'eftre aymé?
Apres vne telle conduite,
D'enuoyer quelqu'vn de ma fuite,
Ce feroit auffi luy donner
Vn fujet de me condamner:
Il vaut donc mieux aller moy-mefme.
Lors il pria Faufte qui l'ayme
Qu'il luy permift de retourner
Et qu'auant qu'il fuft au difner
Il le ioindroit en affeurance.
Il marche en toute diligence
Il arriue fans faire bruit,
Il monte & pas vn ne le fuit,
Il trouue fa femme endormie,
Mais par hazard ou par magie
Il trouue auffi fort endormy
Entre fes bras vn ieune amy.
L'amour eft vn demon fi traiftre
Qu'aprés tout il pourroit bien eftre
Qu'il auroit fait au pauure efpoux

Ce tour pour le rendre ialoux.
Mais que le tout fuſt vn menſonge,
Il ne le prit pas pour vn ſonge
Et Ioconde frottant ſes yeux
Afin de le connoiſtre mieux,
Vid ou crut voir vn domeſtique
Qu'entre tous il croyoit vnique
Pour luy garder fidelité.
De vous dire l'extremité
Ou la choſe porta Ioconde,
Ie le laiſſe à iuger au monde
Ie veux dire ces bonnes gens.
Verſez en de tels accidens.
Deux ou trois fois il eut enuie
De les priuer tous deux de vie,
Mais malgré luy l'amour vainqueur
Parla pour l'ingrate en ſon cœur,
Et la luy dépeignit ſi belle
Qu'il eut de la pitié pour elle.
Il crut qu'il eſtoit à propos
De ne point troubler ſon repos
De peur qu'vne ſurpriſe telle
Ne luy fuſt vn peu trop cruelle.
Il deſcend, il monte à cheual
Tellement preſſé de ſon mal
Que ſon amour & ſa cholere.
Le porte en volant à ſon frere.

Il estoit desia si changé
Que par son visage alongé
Ses gens iugerent à sa mine
Qu'il auoit l'ame fort chagrine,
Mais pas vn ne pût deuiner
Ce qui le pouuoit chagriner,
Si ce n'estoit que sa souffrance
Luy venoit desia de l'absence.
Son frere qui sçait l'amitié
Qu'il a pour sa chaste moitié,
Crut qu'il auoit l'ame blessée
Pour l'auoir seule au lit laissée :
Mais ce bon frere est dans l'erreur,
Car ce qui luy touche le cœur
Est de l'auoir abandonnée
Vn peu trop bien accompagnée.
De cent maux Ioconde touché
Tenoit l'œil en terre fiché;
En vain son frere le console
Il n'en tire aucune parole.
Toutes ses meilleures raisons
Sont pour Ioconde des poisons.
Dont il enuenime son ame
Sur tout luy parlant de sa femme.
Il ne repose iour ny nuict,
Son déplaisir par tout le suit :
Il ne gouste point les viandes

Quoy qu'on luy ferue les friandes:
Ses membres en font décharnez
Sa douleur alonge fon nez,
Creufe fes yeux, groffit fes lévres
Et fur le tout de groffes fiévres
Pour acheuer fon fier deftin
Le viennent furprendre en chemin.
En fin, ce n'eft plus ce Ioconde
Tant admiré de tout le monde:
Et Faufte qui fouffre en fon cœur
De le voir mourir en langueur,
Se defefpere quand il fonge
Que le Roy prendra pour menfonge
Tous les auantageux portraits
Qu'il auoit fait de fes attraits.
En fin, les voila dans Pauie,
Mais Faufte n'ayant pas enuie
Qr'Aftolphe pris à l'impourueu,
Se mocquaft de luy l'ayant veu,
Auoit efcrit au Roy fon Maiftre
L'eftat auquel il pouuoit eftre.
Plus Ioconde fait de pitié
Plus le Roy luy fait d'amitié.
Apres auoir fait tant de chofes
Pour le voir en fon teint de rofes,
Il a le cœur trop fatisfait
De le voir en fon teint deffait.

Vn apartement il luy donne
Prés de ſa Royale perſonne
Et le viſite à tout moment
Dans ce Royal apartement.
Les bals, les feſtins, les muſiques,
La chaſſe & les feſtes publiques,
Furent ſouuent faites pour luy,
Mais il y languiſſoit d'ennuy;
Et par tout ſon ingrate femme
Luy tourmentoit le corps & l'ame:
Deuant ſa chambre où tout le iour
On luy venoit faire la Cour,
Eſtoit la galerie antique
Ou reſueur & melancholique
Seul il ſe promenoit le ſoir
Le cœur outré du deſeſpoir
Ou l'auoit plongé ſa miſere.
Vn iour en ce lieu ſolitaire
Dans l'obſcurité d'vn recoin
Il conſidere auec ſoin
Que le plancher & la muraille
Font vne ouuerture qui baaille
Et qui donne paſſage aux yeux.
Alors Ioconde curieux
Par cette muraille fenduë
Regarde & voit, Dieux quelle veüe!
Il voit ce qui touche ſon cœur

De reſſentiment & d'horreur.
En vne chambre fort ſecrette
Où la Reyne faiſoit retraite
Sans voúloir que ſes confidens
Miſſent iamais le pied dedans,
Il voit vn nain, vn monſtre infame,
Faiſant ce qu'auec ſa femme
Auoit à ſon dommage fait
Son ieune & bien-heureux valet.
A ce ſpectacle eſpouuantable
Helas, dit-il, eſt-il croyable ?
Et voy-je bien ce que ie voy ?
En ce moment il penſe à ſoy.
Hé quoy cette Reyne adorable
Dont l'eſpoux eſt incomparable
Reçoit vn monſtre dans ſon lit,
O Dieux, dit-il, quel appetit !
Et moy pour auoir veu ma femme
Encourir vn bien moindre blaſme
Auec vn garçon des mieux faits
I'ay mille fois fait ſon procez.
Le lendemain à l'heure meſme
D'vn ſoin & d'vne ardeur extréme
Se tranſportant deſſus les lieux
Le meſme objet s'offre à ſes yeux,
Et tous les iours de la ſemaine
Il void le nain auec la Reyne,

Mais son plus grand estonnement
Est que la Reyne à tout moment
Se plaint qu'il est vn infidele
Et qu'il n'a point d'amour pour elle.
Iusques-là qu'vne fois le nain
Luy mit le poignard dans le sein
Lors que par vn second message,
Ayant appellé ce volage,
La confidente qui sçait tout
N'en put iamais venir à bout,
Parce que cet amant honneste
Perdoit vn teston à la beste.
A ces ridicules objets
Ioconde trouue des sujets
De consoler si bien son ame,
Que ne songeant plus à sa femme
Il reuient à son premier point,
Il reprend tout son embonpoint,
Et se montrant le vray Ioconde
Il est l'estonnement du monde.
Si le Roy veut absolument
Sçauoir d'où vient ce changement,
Ioconde pas moins ne desire
D'ouurir son cœur & de luy dire.
Il veut qu'il sçache le forfait
Mais qu'il fasse comme il a fait.
Qu'il ne mal-traite point la Reyne,

Qu'il diffimule bien fa haine,
Et pour l'obliger par ferment
A fe taire eternellement,
Il veut que fa Majefté iure
La main fur la fainte efcriture;
Quoy qu'il voye ou qu'il luy foit dit,
Qui luy faffe honte ou dépit,
Qu'il n'en tirera point vengeance,
Qu'il gardera bien le filence,
Et qu'enfin les autheurs du fait.
Ne fçauront iamais qu'il le fçait.
Le Roy qui croit toute autre chofe
Que ce qu'à voir on le difpofe,
Promet & iure franchement:
Ioconde luy dit librement
Le fecret de fa propre hiftoire
Fafcheufe encore à fa memoire,
Ce qu'il auoit trouué chez luy,
Combien de douleur & d'ennuy
Il auoit fenty dans fon ame
Du crime horrible de fa femme,
Et que fans vn prompt reconfort
Il en feroit fans doute mort;
qu'il auoit à fon mal extréme
Trouué remede au palais mefme,
Et que dans fon fort rigoureux
Il n'eftoit pas feul mal-heureux.

Ayant compté son auanture,
Il monstre au Roy par l'ouuerture
Ce qu'on cherche & qu'ó ne peut voir
Sans estre au dernier desespoir.
Astolphe au tourment qui l'assaille
Veut contre l'antique muraille
Sur le champ s'écrazer le front
Pour ne pas sentir cet affront:
Voyant ainsi soüiller sa couche
Il veut aux cris ouurir la bouche,
Mais il fallut se faire effort
Et souffrir son mal-heureux sort,
Car il auoit d'vn cœur facile
Iuré sur la sainte Euangile.
Il n'ose donc se parjurer
Mais il peut au moins murmurer.
Que feray-ie, dit-il, Ioconde
Puis qu'à ma douleur sans seconde
Tu deffends le ressentiment ?
Seigneur, ce dit-il hardiment,
Voyons si les femmes des autres
Seront chastes comme les nostres,
Et les courans de tout costé
Rendons ce qu'on nous a presté.
Nous auós tous deux tant de charmes,
Qu'elles feront pour nous sans armes,
Et ne resisteront iamais

Puis qu'elles ayment les plus laids:
Mais à vos qualitez aymables
Si leurs cœurs font inexorables,
Il faut grand prince, s'il vous plaift
Qu'ils fe rendent à l'intereft.
Eftre abfent, promener fes flammes
Pratiquer de nouuelles Dames,
Souuent eftouffe en peu de iours
Les plus inuincibles amours.
Le Roy louë vn confeil fi fage
Et fans retarder dauantage
Choififfant deux ou trois des fiens,
Il fort des champs Italiens.
Ioconde & luy paffent en France
Traueftis & pleins de finance;
Apres, fuiuant leurs erremens,
Ils vont au pays des Flamans,
Puis ils paffent en Angleterre
Et par tout ils portent la guerre
Au fexe amoureux & charmant
Dont ils triomphent aifement.
Celle-cy leur fait des auances,
Celle-là veut des recompenfes,
Tantoft payeurs, tantoft payez,
Mais d'ordinaire deffrayez,
Souuent ils pourfuiuent les belles
Souuent ils font pourfuiuis d'elles :

Ils seiournent icy deux mois,
Ailleurs ils en seiournent trois,
Ils trouuent par tout, hors en France,
Des coquettes en abondance,
Et le sexe plein de pitié
Les console de leur moitié.
Enfin lassez de cette vie,
De perils sans cesse suiuie,
Le Roy ne veut plus pour tous deux
Auoir qu'vn objet amoureux.
Puisque dans le siecle où nous sommes
Au sexe il faut au moins deux hommes,
Ie t'ayme mieux pour compagnon,
Ce dit-il, qu'vn autre mignon.
Ainsi nous viurons à nostre aise
Sans qu'vne auanture mauuaise
Vienne iamais mal à propos
Persecuter nostre repos,
Car nos femmes quoy que peu sages
Pour nous ne seroient point volages
Si pour arrester leurs esprits
Les loix leur donnoient deux maris,
Et les trouuant tousiours fideles
Nous serions trop satisfaits d'elles.
Ioconde vnit sa volonté
A celle de sa Majesté,
　　Apres auoir auec le prince

Couru de prouince en prouince,
Enfin le Romain Caualier
Chez vn Espagnol hostelier
Logé sur le pont de Valence
Trouue vne fille en apparence
Fort pleine de ciuilité
Mais sur tout de rare beauté.
Elle estoit en cet âge tendre
Que les Doctes les sçauent prendre.
Le pere d'enfans surchargé,
D'vn âge caduc affligé,
Auoit esté toute sa vie
Ennemy de la gueuserie
Et dans vn pareil sentiment
On le resolut aisement
A ne pas refuser sa fille
Pour en décharger sa famille,
Puisque sur tout on l'asseuroit
Qu'en bonnes mains elle seroit.
La fille comme fort bien née,
Fut assez tost persuadée
Et son ame sans se trahir
Ne pouuoit pas desobeyr.
Elle se met donc en campagne
Pour courir auec eux l'Espagne,
Et tous marchent assez long-temps
Les vns des autres fort contens.

Enfin cette noble famille
Arriue aux portes de Seuille
Et le Roy n'eut pas pluſtoſt pris
Le meilleur de tous les logis
Qu'en ſa compagnie ordinaire,
Suiuant la methode eſtrangere,
Il va pour voir les raretez
De cette Reyne des Citez,
Et Fiamette cette belle,
C'eſt ainſi que chacun l'appelle,
Demeure ſeule auec les gens
A la garder trop diligens.
Dans l'auberge eſtoit vn ieune homme
Que le Grec tout le monde nomme,
Domeſtique de la maiſon,
Et ce Grec ou ce beau garçon
Auoit ſeruy chez Fiamette
Et l'aymoit d'vne amour ſecrette.
Ils ſe connûrent auſſi-toſt
Mais tous deux ne ſe dirent mot
De peur que tel qui les regarde
Ne s'en doutaſt y prenant garde:
Enfin, quand il en vit le iour
Le Grec preſſé de ſon amour
L'interroge & la queſtionne
A qui des deux eſt ſa perſonne
De l'vn ou de l'autre Seigneur.

Elle luy defcouure fon cœur
Luy racontant la chofe nette.
Helas, ce dit-il, Fiamette
Quand i'efperois viure content
Auec toy que i'ayme tant,
Tu t'en vas & mon cœur ignore
Si mes yeux te verront encore.
Cruelle veux-tu rendre vains
Et ma conduite & mes deffeins ?
I'auois efpargné miferable
Vne fomme confiderable
De tous les prefens que me font
Les gens qui viennent & qui vont,
Et ie croyois en mariage
Te donner vn vray tefmoignage
De la flamme que i'ay pour toy,
Et ton cœur me manque de foy.
A ce difcours la fille émeuë
Tient fur le Grec toufiours la veuë :
Elle fe taift & d'vn regard
Elle luy dit qu'il vient trop tard.
Le garçon fe plaint & foûpire,
Veux-tu que ie meure en martyre?
Ce dit-il, au moins à loifir
Accorde-moy ce doux plaifir
De te pouuoir dire ma peine :
Elle qui n'eft pas inhumaine

Luy dit, mon cœur plein d'amitié
A pour tes feux tant de pitié
Qu'il feroit des choses plus grandes
Que celles que tu me demandes;
Mais on m'obserue auec rigueur.
Cruelle, dit-il, si ton cœur
Auoit pour moy quelque tendresse,
Tu ferois ce dont ie te presse
Et la nuit peut facilement
Cacher les larcins d'vn amant.
Comment le pourray-je, dit-elle,
Moy qu'vne fortune cruelle
Attache entr'eux incessamment?
Permets-moy, dit-il, seulement
De prendre le soin de l'affaire.
Quelque temps elle delibere
Mais enfin elle se resout
Pour son amant à vaincre tout,
Et le garçon luy fait comprendre
La maniere qu'il s'y faut prendre.
O Dieux quelle ruze & quel tour
Ne nous enseigne point l'amour!
Et voit-on des testes si fines
Que ses ressorts & ses machines
Ne prennent point à dépourueu
Par quelque effet qu'on n'a point veu?
Il faut surprendre icy deux ames

Sçauantes

Sçauantes fur le fait des femmes,
Et dans le meſtier qu'elles font
Qui les doiuent connoiſtre à fond.
La fille auſſi ieune que belle
N'auoit point d'autre lit pour elle
Que le lit qu'Aſtolphe en chemin
Partageoit auec le Romain,
Et quant le Roy tenoit ſujette
Ainſi la ieune Fiamette,
C'eſtoit que le prince auoit peur
Qu'on n'attentaſt à ſon honneur:
Car d'vne volonté ſincere
Il auoit promis à ſon pere
Qu'il garderoit en ſeureté
La fille dans ſa chaſteté,
Et les ſermens & les paroles
Chez les Roys ne ſont point friuoles.
Le Grec qui ſonge au doux plaiſir
De ſatisfaire ſon deſir,
Ne peut trouuer rien qui l'arreſte
Pour paruenir à ſa conqueſte.
Lors qu'il croit que les deux amis
Profondement ſont endormis,
Bruſlé du feu qui le tranſporte
Il vient doucement à la porte,
Il l'ouure & dans l'obſcurité
Il ſe conduit à pas compté:

B

Il se soustient, & sur la terre
Il marche comme sur du verre:
Il porte vn bras deuant ses yeux,
Et de l'autre il sonde les lieux,
Tant qu'il vient à la couche heureuse
Où reposoit son amoureuse.
De vous dire qu'en ce moment
Le cœur de l'vn & l'autre amant
Fust dans vn estat bien tranquille,
C'est ce qui seroit inutile :
Mais le garçon ne se rend pas,
Il leue adroitement les dras,
par les pieds il passe la teste,
Il se glisse & point ne s'arreste
Que la belle fille & le Grec
Ne se trouuassent bec à bec.
Là, sans en dire dauantage
Fut consommé le mariage
Et le garçon auant le iour
Tout ennyuré de son amour,
Le cœur content & plein de ioye,
S'en alla par la mesme voye.

Quand le Soleil par ses clartez
Eut banny les obscuritez
pour redonner le iour au monde,
Le Roy leué dit à Ioconde,
Cher amy ; ie trouue à propos

Que tu te donnes du repos.
Apres tant & tant de merueilles
Ie croy qu'il faut que tu sommeilles,
Et que le lit par sa vertu
Remette ton cœur abattu.
A cette douce raillerie,
Vsant de mesme batterie,
Ioconde répondit au Roy,
Autant que vous auez sur moy
D'auantage dans la naissance,
Autant vous l'auez en vaillance
Et peu de gens sans vous flatter
Oseroient vous le disputer.
Mais icy ce qui fait ma peine
Est que vostre promesse est vaine
Et que le cœur d'vn si grand Roy
Manque de parole & de foy.
Croyez-vous auoir l'ame nette
De garder ainsi Fiamette ?
Est-ce là cette chasteté
Dont vous auiez tant protesté
De vous rendre depositaire
Quand vous la pristes de son pere?
Au moins, Seigneur, ie vous le dy
C'est vostre affaire & songez-y.
Le Roy d'vne façon galante
poussecette guerre innocente:

Mais à force de repliquer
Son ame vient à se picquer
Et pour la rendre satisfaite
Il a recours à Fiamette.
Voyant qu'Astolphe est en courroux,
La fille embrasse ses genoux
Et d'vne façon ingenuë
Luy dit la chose toute nuë.
Alors surpris d'estonnement
Ils se turent pour vn moment
Se regardans sans se rien dire;
Mais enfin vn esclat de rire
Les ayant pris, peu s'en fallut
Que le Roy mesme n'en mourust;
Apres auoir auecque peine
Repris le vent de leur haleine
Et seiché les larmes du ris,
Ces inseparables amis
Se dirent ainsi l'vn à l'autre.
Dieux quelle foiblesse est la nostre
Et n'est-ce pas estre bien fous
De croire qu'vn sexe pour nous,
Apres vne telle auanture,
Gardera sa foy toute pure ?
Quand nous aurions cent fois plus
    d'yeux
Qu'on ne void d'astres dans les Cieux,

Nous n'empécherions pas nos femmes
D'auoir d'illegitimes flammes,
Et de prendre affez bien leur temps
Pour rendre leurs defirs contens.
Apres tant de preuues fecrettes
Que du fexe nous auons faites
Si nous ne le connoiffons pas
Nous auons tort , & de ce pas
Sans nous amufer dauantage
A prolonger noftre voyage,
Allons nous rendre en nos maifons,
Et par mille bonnes raifons
Croyons qu'entre toutes les belles
Nos femmes font des plus fidelles.

Apres auoir ainfi conclu,
Sur le champ il fut refolu,
Pour rendre la chofe complette,
Que le Grec & la Fiamette
En prefence de cent tefmoins
En mariage feroient ioins,
Et le Roy leur fit des largeffes
Qui les comblerent de richeffes
Dont ils luy dirent grand mercy,
Et l'hiftoire finit ainfi.

LE MARY COMMODE,

A PHYLIS,

Sur ce qu'elle auoit demandé
le portrait du mary qu'elle
auroit vn iour.

Qve d'vne peinture viuante
Les autres peignent Amarante,
Celimene , Amynte , Cloris,
Olympe & la charmante Iris,
Moy d'vn pinceau visionaire
Ie veux auiourd'huy vous portraire
Vn homme que ie n'ay point veu,
Qui n'est de personne connû,
Qui ne suit la cour d'aucun prince,
Qui n'est pas aussi de prouince,
Qui n'est ny grand, ny blond, ny beau,
Ny bel esprit , ny iouuenceau,
Mais qui peut bien , si bon me semble,
Estre tant de choses ensemble.

Phylis, d'vn air riant & doux
Vous me demandez vn espoux,
Vous en aurez vn à ma mode
Et s'il ne vous est pas commode
Vous n'auez qu'à le laisser là,
Vne autre s'en contentera.
Comme vous chacune en demande,
I'en ay plus de cent de commande
Et ie ne sçaurois y fournir
Tant le monde ayme à s'en munir;
Tant vne telle marchandise
Me donne de la chalandise.

Phylis, en premier lieu ie veux
Qu'en teste il ait bien des cheueux,
Car ie sçay que les Demoiselles
Aiment les gens à testes belles,
Mais pour la couleur ie ne sçay,
Phylis, comment ie les feray.
Dans le fascheux siecle où nous sômes
On void vne nature d'hommes
De qui le mal contagieux
Se communique en mille lieux,
Et ie le donne à la plus fine
De pouuoir connoistre à la mine
Si le cœur en est infecté
Où s'il est en pleine santé.
Celuy de qui vient cette peste

Que sur toute autre ie deteste,
Est vn homme à cheueux brunets,
Mais quand on luy fit le procez
Sur son affaire criminelle
On dit qu'estant dessus l'eschelle
Il en a beaucoup accusez
Des plus blonds & des mieux frisez,
Et cela porte grand scandale
A ces blondins à la Candale.
Donc pour la tresse ie ne sçay
Phylis, comment ie la feray,
Mais ie vous laisseray conclure
Sur le fait de la cheuelure.

Ie veux que le nez de l'espoux
Soit vn peu long, car entre nous
Vn nez camus sur le visage
Est d'vn assez mauuais presage.
Ie veux que la bouche & les dens
Ne marquent aucuns accidens
Qui fassent douter de l'haleine
Et d'vne poitrine bien saine.
pour la taille sur tout il faut
Qu'il soit bien formé, droit & haut,
Car ie n'aime point la figure
De ces gens en mignature,
et la bonne regle m'apprend
Qu'il faut toûjours les peindre en grãd,

Non auec des jambes menuës
Ainsi que les portent les gruës;
Car la mode apres tout a beau
Loüer ces jambes en fuseau,
En quelque lieu que leur maistre aille
Elles n'y portent rien qui vaille.
Au bal ie veux que vostre espoux
Ait de l'auantage sur tous,
Qu'il soit propre à tout exercice,
Qu'il soit adroit à rompre en lice,
Qu'il touche au moins quelque instru-
    ment,
Et qu'il chante agreablement,
Car il faut qu'il sçache tout faire
Afin qu'il puisse mieux vous plaire
Et la voix d'vn ieune chanteur
Perce vne belle iusqu'au cœur.
Ie n'en diray pas dauantage
Touchant le corps du personnage
Maintenant parlons de l'esprit.
  Phylis, entre nous bien vous prit,
De m'auoir choisi dans la foule
Pour jetter vostre espoux en moule,
Car ie me vante d'en faire vn
Qui ne sera pas du commun,
Et loin de iamais vous en plaindre
Vos yeux le trouueront à peindre.

                    B v

Ie veux qu'il parle purement,
Qu'il faſſe vn compte plaiſamment,
Qu'il ſe connoiſſe en belle choſe,
Qu'il eſcriue aſſez bien en proſe,
Qu'il ſçache faire vn billet doux
Mais qu'il ne le faſſe qu'à vous.
Qu'en vers galammentil s'explique,
Sans que toutefois il s'en picque,
Qu'il ſoit braue & n'en parle point,
Qu'il ſoit diſcret au dernier point,
Qu'il tienne meſme fort ſecrettes
Ses plus anciennes amourettes,
Qu'il ne ſoit pas vn meſdiſant,
Qu'à ſa femme il ſoit complaiſant,
Que iamais il ne la ſoupçonne
D'auoir intrigue auec perſonne,
qu'elle aille librement au Cours,
qu'elle y faſſe cent mille tours,
Et qu'il ne ſoit iamais en peine
D'aprofondir ce qui l'y meine.
que les Meſſieurs à cheueux blonds
La regalent de violons,
Sans qu'il aille ſe mettre en teſte
que pour elle ſe fait la feſte.
qu'au bal on luy ſerre la main,
qu'elle y ſoit iuſqu'au lendemain
Pour ſe coucher auec l'aurore,

Ie veux qu'il dorme & qu'il l'ignore.
S'il vient par hazard vn poulet,
qu'il le prenne pour vn billet
De quelque Tante ou quelque amie
D'exemplaire & pieuse vie,
qui la veut mener seruir Dieu
En quelque deuot & saint lieu.
Ie veux qu'enfin cét homme sage
Ne conçoiue iamais d'ombrage,
Et qu'auecque facilité
Il tourne tout du bon costé.

　　Phylis, voila mon œuure faite,
Si vous en estes satisfaite
Il est ce me semble assez bon
Que vous m'en payez la façon.

L'OYSEAV
DE PASSAGE,
A SON ALTESSE
ROYALE.

AV centre de ce vaste Empire
Que sans vanité l'on peut dire,
Vn empire assez plein d'honneur,
Et d'vn assez noble Seigneur,
Est vne agreable contrée
Pour qui la iuste & belle Astrée,
Lasse de gronder nos ayeux,
A quitté le seiour des cieux.
Là, le Zephir de son haleine
Caresse en tout temps sa Chimene.
Là, Diane dans les deserts
Void laisser courre mille cerfs.
Là, Bacchus fait dormir & boire
Les habitans des bords de Loire.
Là, l'aimable & blonde Cerés

Fait le pain blanc, leger & frais.
Là , Pomone la mellonniere
Se produit en toute maniere,
Et là mains Roys se font aimez
Et le Roy sur tout au grand nez.
Vn Prince sorty de la race
De ce vaillant Dieu de la Thrace,
Fils du plus grand de nos Henris
Et d'vn tel pere digne fils,
Regne en ces lieux , & ce grand Prince
Est les amours de la Prouince
Ainsi que de tout l'vniuers.
Là mille passe-temps diuers
Occupent son ame Royale
Genereuse, bonne & loyale.
Tout ce qu'vn esprit curieux
Peut comprendre à l'ordre des cieux,
Dont la connoissance profonde
N'appartient pas à tout le monde,
Gaston le sçait royalement,
I'entens qu'il le sçait autrement
Que ces esprits Tychobrahiques
Qui bien souuent sont lunatiques,
Et s'éuaporent dans les airs
Pour vouloir estre trop grands Clercs.
Souuent Gaston fait quelques poses
A l'estude des grandes choses.

Il quitte les antiquitez,
Les médailles, les raretez,
Il fie à sa belle memoire
Le soin de luy garder l'histoire,
Et va se delasser les yeux
Dans ses jardins delicieux.
Tout ce que la terre feconde
Produit de plantes dans le monde,
Est enfermé dans ces beaux lieux
Et Gaston le connoist des mieux
Iusques-là qu'il en fait la nique
Aux plus fins en la Botanique.

Vn iour que ce Prince Royal
Conferoit à l'original,
quelques fleurs en mignature
Peintes par ce docte en peinture
Robert que l'on vante si fort,
On luy vint dire qu'à Chambort,
On auoit pris auec adresse
Vn oiseau rare en son espece,
qu'il estoit fort appriuoisé
qu'il paroissoit fin & rusé,
qu'il racontoit force amourettes,
qu'il debitoit mille fleurettes,
Et que cet oiseau precieux
Parloit le langage des Dieux.
A ce recit assez bizarre

On crut que cet oiseau si rare
Sans doute estoit le Dieu d'amour,
Et d'vne voix toute la cour
Auec vne ardeur sans pareille
Demande à voir cette merueille.
Lors dans vne cage d'ozier
Parut vn oiseau doux & fier
Qui d'vne modeste asseurance
Fit à Gaston la reuerence.
Ie viens, dit-il, en seureté,
Te demander ma liberté
Et ie ne sçay pourquoy, grand Prince,
On me l'oste dans ta Prouince.
Ie te respecte & ne viens pas
Troubler la paix dans tes estats.
Ie suis vn oiseau de passage
Qui desirois te rendre hommage,
Et cependant contre raison
Tes gens me tiennent en prison,
Comme vn voleur de la campagne
Ou comme vn espion d'Espagne.
Alors le Prince tout surpris
Luy dit, ne crains rien, & me dis
Ton nom, ton pays, ta naissance
Et ce qui t'a conduit en France.
    Seigneur, ie regne dans les airs,
Mon pays est tout l'vniuers,

Et ma naiſſance enfin eſt telle,
Que ſans l'aimable Philomelle,
A pas vn des Princes plumets
Ie ne le cederois iamais.
Si ie ſuis garçon, femme ou fille,
Si ie ſuis pere de famille,
Seigneur, veüilles me pardonner,
Ie te le donne à deuiner.
Quant à mon nom, pourquoy le dire?
Puiſque tout homme qui ſçait lire
Le doit ſçauoir par les eſcrits
De ceux qu'on nomme beaux eſprits.
Pour ce qui regarde ma vie,
Grand Prince il faut que ie te die
Que i'ay couru tous les climats
Hors ceux où naiſſent les frimats,
Car comme la Reyne Chriſtine,
Le nord m'ennuye & me chagrine.
Apres auoir veu tant de mers
Et tant de Royaumes diuers,
Comme ton S A N N E de Prouence,
Ie paſſe les Eſtez en France,
Et comme S A N N E auant l'Hyuer
Ie fuy la glace & change d'air :
A Paris ie fay mon ſemeſtre
Et c'eſt mon Paradis terreſtre.
Là le deſtin qui me conduit

M'a dés ma ieuneſſe introduit,
Chez la Reyne des Sabbatines,
Reyne dont les vertus diuines
Se ſont fait connoiſtre de tous
Meſme iuſqu'aux Topinambous,
Et bien miſerable doit eſtre
Qui n'a pas l'heur de les connoiſtre.
Chez elle ſes adorateurs,
qui ſont tous de rares Autheurs,
M'ont quelquefois fait cette grace
De me mener ſur le Parnaſſe,
Et de m'abreuuer de ſes eaux
Que boiuent peu d'autres oyſeaux.
Là tout ce qui m'a pû déplaire,
Et mon cœur ne ſçauroit le taire,
C'eſt que des autheurs médiſans,
Doctes aſſez, mais déplaiſans,
Comme ſouuent ſont les poëtes,
Ont dit que des amours ſecrettes
Retenoient mon cœur tout eſpris
Chez la Reyne des beaux eſprits,
Et que là, ie n'oſerois dire
Tout le deſtail de la Satyre,
Mais pardonne moy ſi ie dy
Grand prince, qu'ils en ont menty,
Ie n'ay point merité ce blaſme,
Ie reuere vne ſi belle ame.

Et la mienne a trop de raison
Pour deshonorer sa maison,
Mais comment se pouuoir deffaire
De ces gens enclins à mal faire ?
L'vn d'eux donne tant d'agrément
A ses paroles quand il ment,
Qu'il nous fait passer pour histoire
Les amours feintes de la poire,
Et luy cause tant de douleurs
Qu'elle en a les pasles couleurs,
Ie ne me plaindray pas de mesme
De cet homme excellent que i'ayme,
Dont la noble & puissante voix
A chanté les faits de Dunois,
Bien loin de mesdire des belles,
Il n'a chez luy que des pucelles,
Et sa vertu mesme les peut
Faire pucelles quand il veut.
Mais, ô grand prince fils de France,
I'abuse de ton audiance,
Pardonne au déplaisir que i'ay,
Et me fais donner mon congé.
Non, dit Gaston, mais ie commande
Que la liberté l'on te rende,
Et ie te donne pour prison
Mon appanage & ma maison:
Ie sçauois desia ton histoire,

Mais comme on en fait bien accroire,
Ie sens vn plaisir sans esgal
De la sçauoir d'original.
Ie suis rauy de te connoistre
Et pour te le faire paroistre,
Tu seras entre mes oiseaux
Les plus rares & les plus beaux.
Ie n'entens pas ceux de ramage,
I'entens ceux de nostre langage
Comme les sçauans perroquets,
Les ingenieux Sansonets,
Les Geais plaisans, les doctes ries,
Et tous ces merueilleux genies,
Que le trauail, l'art & le temps
Ont rendu si fort éloquens.
Ie veux que tous te fassent feste
Et que tu sois peint à leur teste.
Mais ton histoire m'auoit dit
Que tu portois vn autre habit,
Et l'on te faisoit par le monde
De ces oiseaux à teste blonde.
D'où te vient donc ce changement?
  Seigneur, dit l'Oiseau tristement,
I'estois comme t'a dit l'histoire,
Maintenant ie suis teste noire.
La mort d'vn amy que i'auois
M'a changé l'habit & la voix,

Mais dans le mal-heur qui m'accable,
Si ie puis estre consolable,
C'est que l'on m'en trouue le chant
Et plus plaintif & plus touchant.
Ie pleure vn homme d'importance
Connu de paris à Byzance
Le Marquis de Maulevrier,
Il estoit le bon ouurier,
Des courantes, des chansonettes,
Des billets doux, & des fleurettes.
Il ne se passoit point de iour
qu'il ne fist naistre quelqu'amour,
Et son ame en amour feconde
Seule en pouuoit peupler le monde.
Ces amours à ce que ie croy
En ont pris le deüil comme moy,
Pour honorer sa sepulture
Comme celle du grand Voiture,
Ie le pleure & le pleureray
Et iamais ie ne cesseray,
Il aimoit les gens de musique,
Il auoit le cœur heroïque,
Et ce cœur tousiours amoureux
N'en estoit pas plus dangereux.
Les Dames estoient son affaire
Mais ce n'estoit pas pour mal faire,
Et s'il en a pû peruertir

Elles me peuuent démentir.
Ainſi finit l'hiſtoriette,
Vn peu courte, mais joliette,
L'oiſeau fut peint, on en parla
Et l'oiſeau libre s'enuola.

L'HYMEN.

MASCARADE

Dansée à Blois deuant leurs Altesses Royales.

PREMIERE ENTREE.

DIALOGVE

DE IVNON ET DE VENVS,

Chanté par Mesdemoiselles Moulinié & Tournier.

IVNON.

Ie suis Reyne des Dieux,
Et ie viens respandre en ces lieux
Vne richesse sans seconde.

VENVS.

Ie suis Reyñe des cœurs,
Et ie respans sur mes adorateurs
Les delices du monde.

IVNON.

A mes plaisirs les tiens
Ne sont pas comparables.

VENVS.

Vn berger t'aprit que les miens
Estoient les plus aimables.

IVNON.

Il en a souffert le trespas.

VENVS.

Qui suit mes feux ne le craint pas.

IVNON, VENVS.

Meslons en ce temps d'allegresses
Les jeux, les ris, les tresors, les caresses,
Et l'Hymen en cet heureux iour
Sçaura qui doit triompher, des richesses
Ou des flammes d'amour.

II. ENTREE.

HYMEN,

Repreſenté par Monſieur de Mirougrain.

Ie ſuis le Dieu que l'on appelle Hymen,
   Qui d'vne ame libre & contente
En fais ſouuent vne ame repentante,
   Du moment qu'elle a dit, *Amen.*
   Ie ne ſçay pas comme j'engage
   Les autres dans le mariage,
   Mais ie ſçay bien aſſeurement
Par mon eſpouſe & ma propre famille
   qui va, qui trotte & qui fourmille,
que ce qu'on nomme eſpoux vulgairement
   Ie le ſuis furieuſement.

III. ENTREE.

Iupiter, par le Sieur Soleras,

Ie ne hay pas les Demoiselles
 Quand ie les treuue belles,
Et mes amours des temps passez
 Vous le disent assez.
Les desirs dans mon cœur n'ont iamais eu de
  bornes,
 I'ayme vne Europe, & pour la posseder
Ie pourrois bien prendre encore des cornes.
 Mais i'aurois peur de les garder.

IV. ENTREE.

La vertu, le Serieux.

Mademoiselle de Luynes, & Monsieur Guerry.

LA VERTY.

Ie suis seuere, ie suis sage,
Et l'on sçait que mon personnage
Ainsi que mon nom n'est pas laid,

C

Mais regardez bien mon visage,
Ie crains bien qu'il ne soit chez vous comme au
balet.

LE SERIEVX.

Si ma compagne est déguisée
Moy ie le suis aussi.
La danse au serieux est vn peu mal-aisée
Et la vertu se seroit bien passée
De m'amener & de venir icy.

V. ENTREE.

L'Enjoüé, Monsieur Guerry.

Ce ieune & beau garçon n'engendre point de bile
Il est des plus gaillards; il a l'ame tranquille
Et n'eut iamais d'ennuy,
Mais si quelque sçauant en nouuelles doctrines
Se faisoit le cousin de ses belles cousines;
Il seroit pour le moins aussi gaillard que luy.

VI. ENTREE.

Le Paſſionné, Monſieur Mangot.

Eſtre gentil, ſouſpirer nuit & iour,
Eſtre doüé d'vn chaſte amour,
Se monſtrer bien apris, endurer & ſe taire,
Iuger vn peu des vers,
Soit bien, ſoit de trauers
Faute d'en pouuoir faire,
Sçauoir entretenir
L'objet dont ſon ame eſt ferue
D'vne façon toute ingenuë,
C'eſt le moyen de paruenir.

VII. ENTREE.

La Richeſſe, le Iudicieux.

Mademoiſelle Moulinié la Ieune, monſieur de la Roche.

LA RICHESSE.

Ie ne ſçay ſi i'ay de beaux yeux,
Mais ſans fard & ſans aide,

Les ieunes ainſi que le vieux
Ne me trouuent pas laide.

LE IVDICIEVX,

quand ie me tais inceſſamment,
Et que ie ſers à la ſourdine
Cette beauté dont l'or guerit l'humeur chagrine,
Ce n'eſt pas autrement
Manquer de iugement.

VIII. ENTREE,

Mercure, Monſieur Guerry.

Ie ſuis l'inuenteur de machine,
Ie ſuis adroit , i'ay l'ame fine,
Et ſur tout en amour ie ſuis bon courretier,
On pourroit bien me donner vn nom pire
Pour exprimer le nom de mon meſtier,
Mais il n'eſt pas à propos de le dire.

IX. ENTREE.

L'Esprit, la Beauté.

Mesdemoiselles, mon neveu & Daniel.

L'esprit.

Vous voyez vn esprit plein de mille tresors
Qu'il cache en ce moment pour vaquer à la dáse,
Mais tant que cet esprit gardera le silence
  On choisira le corps.

La Beauté.

Est-il rien icy bas de comparable à moy ?
 I'ay les yeux doux, i'ay mille charmes,
Et le fier Rodomont tout couuert de ses armes
  S'est soubmis à ma loy.
Auant la belle Helene & les feux de pergame,
I'ay mis d'autres Citez & d'autres cœurs en
 flâme,
  Et l'on sçait bien pourquoy.

X. Entree.

Vulcain & deux Cyclopes.

Messieurs de Mirougrain, Beraud
& Mangot.

Vulcain.

Ie suis Vulcain
Petit de taille
Mais sans que i'aille
Faire le vain,
Ma Cytherée
Tres-honorée
Des doux regards,
Ne fut iamais leurrée.
Le braue Mars
Craint les hazards
Des pieges nostres.
Et ie me voy
Tousiours maistre chez moy
Et bien souuent Mars chez les autres.

Les Cyclopes.

Nous sommes des geans nez dedans la Sicile
Excellens ouuriers,

Et nous venons en cette ville
Pour estre auanturiers.
Qu'on ne nous craigne pas pour auoir fait la
foudre
Dont le grand Iupiter met les mortels en poudre,
Nous faisons au beau sexe assez bié nostre cour,
Et de la mê.ne main dôt nous forgeôs les armes,
Nous essuyons nos larmes
Et forgeons les traits de l'amour.

XI. ENTREE.

Bacchus, Monsieur de la Roche.

Ie suis le puissant Dieu
Des Auuernats & des lignages,
Et par ces aimables breuuages
Ie preside en ce lieu :
On m'y reuere auec vn soin extréme,
Et les gens à mes loix y sont fort indulgens,
Mais ie n'y voy rien faire aux gens
Que ie ne fisse bien moy-mesme.

XII. ENTREE.

L'Amour, Mademoiselle Guyot.

Ie suis masle & femelle
Ie suis beau , ie suis belle,
On me nomme amour, & ie puis
Sans forcer la loy naturelle
Faire ce que ie suis.

XIII. ENTREE.

La Ialoufie, le Sieur Fleury.

Voyez vn peu la fantaifie
Des gens qui veulent obftiner,
Que l'on m'a fait la ialoufie,
Et que ie n'en ſçaurois donner.

LE GRAND BALLET.

RECIT,

Chanté par le Sieur Fleury.

ⲥⲩⲥⲩ

A leurs Alteffes Royales.

Vous dont les Royales grandeurs
Impriment dans nos cœurs
Des merucilles du Ciel vne viuante Image,
Souffrez que ce qui fait noftre felicité
La richeffe, l'efprit, la vertu, la beauté
Vous rende vn eternel hommage.

Ceux à qui les foibles mortels
Ont dreſſé des Autels
Comme aux iuſtes autheurs des biens que l'on
reuere,
Ces Dieux que nous a faits la vaine antiquité,
La richeſſe, l'eſprit, la vertu, la beauté,
Ne ſont rien à qui peut vous plaire.

LA MORT
DE DAPHNIS,
A L'IMITATION
de Theocrite.

EGLOGVE.

Dans vn ſejour affreux au bord d'vn antre
    noir
Cù l'horreur ſe retire auec le deſeſpoir,
Daphnis percé d'vn trait amoureux & funeſte
De ſes iours languiſſans alloit finir le reſte,
Quand le triſte Damon teſmoin de ſon amour
En porta la nouuelle aux bergers d'alentour,
Nouuelle qui cauſa de ſi iuſtes allarmes
Qu'elle tira des yeux mille torrens de larmes,
Et contraignit les cœurs à pouſſer dans les airs
Des plaintes dont le bruit eſtonna l'Vniuers.
On vid en vn moment les champs de Syracuſe
Couuerts de toutes parts d'vne trouppe confuſe,
Qu'vn mortel deſplaiſir conduiſoit à grand pas
Pour preuenir au moins vn ſi cruel treſpas,
Les bergeres par tout triſtes & deſolées

Dans les sombres forefts courent efcheuelées:
A la mercy des loups on laiffe les trouppeaux,
Et le defert fe trouue au milieu des hameaux.
La feule Amaryllis de qui l'ame hautaine
Auoit pour ce berger vne inuincible haine,
Ne voulut point paroiftre en cette extremité,
Et crût que d'immoler Daphnis à fa beauté,
C'eftoit en releuer & le prix & la gloire
Et donner à fes yeux vne illuftre victoire.
Chacun arriue enfin à ce lieu mal-heureux
Où la mort triomphoit d'vn berger amoureux
Dont les rares vertus & la fçauante Mufe,
Auoient charmé les cœurs fur les bords d'Are-
    thufe.
Là fe fait vn concours des mortels & des Dieux
Qu'vn pareil mouuement, qu'vn foin officieux,
Menoit pour foulager cet amant miferable
Qui meritoit du Ciel vn fort moins déplorable.
Là, qui l'euft iamais cru, fe trouuent à la fois
Le Satyre lafcif & la Nymphe des bois.
Preffez de la douleur, dont leur ame eft atteinte
L'vn garde le refpect, l'autre bannit la crainte:
La Nymphe ne fuït point le Satyre amoureux
Le Satyre fufpend pour la Nymphe fes feux,
Et tous deux pour Daphnis en cette heure fatale
Font voir efgalement vne ardeur fans efgale.
Dans vn pompeux efclat la Deeffe d'amour
Plus fuperbe que l'aftre à qui l'on doit le iour,
Se fit voir en ce lieu de tant d'attraits pourueüe,
Que cet heureux berger qui la vid toute nuë,
Ou cet autre chaffeur qui l'eut entre fes bras
La virent moins brillante & moins pleine d'apas.
Le fecret mouuement d'vne douleur amere.

              C vj

Qu'auoit fait naistre en elle amour & la colere,
Faisoit voir par le feu de ses yeux irritez
De quelles passions les Dieux sont agitez.
Les graces du berger dont la noble origine
Sortoit du plus beau sang de la race diuine,
Auoient par leurs attraits si bien touché só cœur
Qu'elle eut quitté le Ciel pour ce mortel vain-
　　　　queur;
Mais le berger brusloit d'vne flamme si belle
que pour luy sa bergere étoit plus qu'immortelle,
Et son cœur preferoit l'empire de ses yeux
A l'esclat immortel de l'Empire des Cieux.
En vain cette Deesse employa tous ses charmes,
En vain tous ses amours pour elle eurent des ar-
　　　　mes,
Il estoit à leurs coups plus ferme qu'vn rocher
Et rien qu'Amaryllis ne le pouuoit toucher.
Lors que le premier trait de l'amoureuse flamme
D'vne subtile ardeur consume vne belle ame,
De ce Tyran des cœurs l'inuisible poison
Infecte pour iamais sa debile raison.
qnãd luy-mesme il voudroit guerir vn miserable,
Le premier mal qu'il fait est vn mal incurable,
Et le triste Daphnis loin d'en pouuoir guerir
N'a point d'autre salut que celuy de mourir.
En ce cruel estat la Reine de Cythere
A quelquefois le cœur touché de sa misere,
Mais lors qu'en son courroux elle vient à songer
Qu'elle est enfin, qu'elle est le mépris d'vn berger,
Vne secrette honte aussi-tost la transporte
Et forcé cette belle à parler de la sorte.

　Hé bien trop insensible & trop heureux Daphnis
A qui le Ciel donna des charmes infinis,

N'es-tu pas satisfait de ta belle bergere?
Ne la cheris-tu pas autant qu'elle t'est chere ?
N'est-elle pas, Daphnis, l'objet de tes amours ?
Ses yeux ne font-ils pas les plus beaux de tes
    iours ?
Et d'où vient qu'en ce lieu cette Reine des belles
Pour qui tu mesprisas des beautez immortelles,
N'est point auprés de toy pour gouster à long
    traits
Les plaisirs que l'amour dône aux amâs difcrets?
Mais que dise, Daphnis, cette belle peut-eftre
Aimable comme elle est, n'a point voulu pareftre
De crainte que fes yeux qui charmerent les tiens
Par leurs traits efclatans ne fiffent hôte aux miés.
Si c'est ce qu'elle craint, dis-luy qu'elle retienne
Ie fçay que ma beauté n'efgale point la fienne,
Et puifque fes appas ont enchaifné ton cœur
Il faut bien que ie cede à cet objet vainqueur.
A ces mots prononcez d'vne façon riante
Mais dont l'aigreur eftoit & mortelle & piquâte,
Le mal-heureux Daphnis d'vne mourante voix
Tint vn pareil difcours pour la derniere fois.
Quoy n'est-ce pas affez, cruelle, que i'exp ire
Sans venir m'affliger par vn nouueau martire ?
Falloit-il m'accabler de tant de maux diuers
Pour auoir adoré la beauté que ie fers ?
Affez d'autres bergers t'ont trouuée adorable
A qui tu te rendis moins fiere & redoutable.
Ton amoureux Anchife & ton cher Adonis
Furent tous deux traitez vn peu mieux que Daph-
    nis.
Dans ces fombres forefts il n'est point de retraites
Qui ne puiffent parler de tes amours fecrettes,

Et parce que ton cœur n'eut iamais de rigueurs
Tu crois qu'il est ainsi de tous les autres cœurs.
Il est vray ie languis pour vn objet farouche,
Dont les yeux sans pareils, & dôt la belle bouche
N'eurent iamais pour moy que dédains, que mes-
        pris,
Mais ie les aime mieux, que tes jeux, que tes ris,
Et ie puis croire au moins dans mon mal-heur
        extréme
Qu'à tout autre son cœur auroit esté de mesme.
Cependant ie sçay bien que tu causes ma mort,
Et que ta cruauté fait son dernier effort.
Hé bien, si pour ta gloire il faut que ie perisse,
Ie ne resiste point, ie cours au precipice,
Ie veux bien receuoir le trespas de ta main,
Et tout ce que la parque a de plus inhumain:
Mais apres le succez d'vne telle victoire
Qui te va couronner d'vne eternelle gloire,
S'il t'arriue iamais dans les combats Troyens
De suiure ton Dieu Mars pour secourir les tiens,
Si iamais à tes fils tu portes le remede
Contre les bras vainqueurs d'vn autre Diomede,
prens soin de ton honneur, ne fuis plus & luy dis,
Ie viens de triompher du valeureux Daphnis.
A ces mots le berger demeure sans haleine,
Ses regards languissans sont témoins de sa peine,
Ses soupirs, ses sanglots luy tranchent le discours
Et sa vie à ce coup alloit finir son cours,
Si son Amaryllis, ou du moins son image
N'eust à son cœur mourant inspiré ce langage.
   Appaise ton courroux aimable Amaryllis,
Mes feux auecque moy vont estre enseuelis,
Si pour t'auoir aimée & pour t'auoir seruie

Tes mespris eternels en veulent à ma vie,
Ie la perds sans regret & mon bon-heur est tel
Que ie benis le fort de m'auoir fait mortel,
Puis qu'apres tât de maux ce bié me reste encor
De montrer par ma mort à quel point ie t'adore.
Ingrate Amaryllis, assez d'autres que toy
N'auroient pas mesprisé mon amour & ma foy,
Mais i'aime mieux mourir pour tes beaux yeux,
cruelle
Que d'estre aimé d'vne autre & de viure pour elle.
Si le feu qui me brusle en l'estat où ie suis,
Peut contraindre mô cœur à plaindre mes ennuis,
C'est que ie vay finir ma langoureuse vie
Loin de tes yeux charmans qui me l'auront rauie.
C'est de souffrir des maux que tu ne peux sçauoir
Et de te desrober le plaisir de les voir.
Mais, ô vous, beaux deserts, chers tesmoins de
mes peines,
Vous, aimables ruisseaux, vous charmantes fôtai-
nes,
Vons arbres, vous rochers, vous, chiffres enlassez
Qui ne pouuez du temps iamais estre effacez,
Vous mes tristes troupeaux qui regretez ma peine
Et qui courés errans par la plaine deserte;
Vous mes vers amoureux, vous mes doux chalu-
meaux
Qui fustes autrefois l'honneur de nos hameaux;
Vous Bergers qui pleurez la douleur qui me presse;
Vous Bergeres pour moy si pleines de tendresse;
Vous Faune & vo⁹ pan, vous Nymphes de ces bois
Qui daignez escouter mon expirante voix,
Dites à la beauté qui mesprise ma flamme
Si la mort que i'attens espouuante mon ame,

Si mon cœur a iamais bruſlé d'vn feu ſuſpeʒ,
Si perdant la lumiere il perdit le reſpeʒ,
Si ce dernier ſouſpir qui va finir ma peine
Ne m'eſt pas auſſi doux qu'il eſt à l'inhumaine.

A ce diſcours ſon ame abandonne ſon corps,
Et paſſe en ſouſpirant dans l'empire des morts.
La Reine des amours l'aimable Cytherée,
Bien qu'elle ſe ſentiſt cruellement outrée,
Voulut forcer ſon cœur & rapeller au iour
Ce fidele Berger, ce miracle d'amour.
Mais ce fut vainement, les parques obſtinées
Auoient finy le cours de ſes ieunes années,
Et bien que ſon pouuoir regne ſur tous les cœurs
Il fallut obeïr au pouuoir des trois ſœurs.
A ce coup impreueu, dans ces lieux ſolitaires
Que de ſouſpirs ardens pouſſerent les Bergeres?
qui les pourroit compter en ce fatal moment,
Pourroit compter les feux qui ſont au firmament.
Qui compteroit les pleurs qu'elles verſent encore,
Pourroit auſſi compter les larmes de l'aurore.
Les Nymphes de ces lieux, que ſa diuine voix
Et ſes aimables vers charmerent tant de fois,
Le voyant ſans honneur eſtendu deſſus l'herbe
Voulurent luy dreſſer vn monument ſuperbe.
Les amours affligez du mal qu'ôt fait leurs traits,
Font voir en cent façons leurs ſenſibles regrets,
Et malgré le reſpeʒ qu'ils doiuent à leur mere
Ils ne peuuent ſouffrir l'excez de ſa cholere.
L'vn embraſſe Daphnis & le baigne de pleurs,
L'autre de toutes parts le couronne de fleurs,
L'vn rompt de deſeſpoir ſes criminelles armes,
L'autre eſteint ſon flambeau du torrent de ſes
      larmes,

L'vn touché iufqu'au cœur prend vn bandeau de
       deüil,
L'autre auec le Berger veut entrer au cercüil.
Il n'en eft point enfin qui ne pleure & gemiffe,
Et qui d'Amaryllis ne fift vn facrifice
Pour vanger de Daphnis le trefpas odieux,
Et monftrer aux humains qu'il faut craindre les
      Dieux.
Pan qui reçeut en don fa charmante mufette,
Voulant pleurer le fort du Berger qu'il regrette,
Mefle à fes doux accords des lugubres accens
Et chante fur des tons plaintifs & languiffans.
De mille flageollets les Pafteurs le fecondent
Et les triftes Echos par trois fois leur répondent.
On n'entend dans les bois que lamentables cris,
On n'entend que le nom du malheureux Daphnis.
Les farouches oifeaux qui fuiuent les tenebres
Rempliffent les deferts de mille chants funebres.
La terre d'alentour ne produit que cyprez.
Les eaux changent pour luy leur murmure en re-
      grets,
Et l'on ne plaint pas moins cette trifte auanture
Que fi l'Aftre du iour manquoit à la nature.

RESPONSE AV SAGE
Cleandre.

Cleandre, c'eſt en vain que tes ſçauantes
　　Muſes
Veulent me deſcouurir l'artifice & les ruſes,
De ce ieune Tyran, dont les traits odieux
Bleſſent également les mortels & les Dieux.
Ie ſçay que ton eſprit peut ioindre à la ſcience
Tout ce que donne enfin la longue experience,
Et que le vaſte cours de tes hyuers paſſez
Fait valoir tes conſeils & les rend plus ſenſez.
Mais pardon ſi ie dis, que pour iuger des flammes
Que des yeux pleins d'attreits inſpirent à nos
　　ames,
Ton cœur libre d'amour par le nombre des ans
Ne peut en cet eſtat imprimer à nos ſens
Tout ce que tes diſcours nous veulent faire croire,
Car ton raiſonnement ne giſt qu'en ta memoire.
pardon ſi ie te dis, que c'eſt à faire à nous,
Qui ſouſpirons encor de ces iniuſtes coups
Dont le perfide amour perce les ieunes ames,
De parler dignement des inconſtantes femmes.
Mon cœur ſe ſent encor & foible & langoureux
Des ennuis que nous cauſe vn objet amoureux,
Et ce cœur peu reduit par vn mal ſi funeſte
Y conſerue à ma honte encore vn faſcheux reſte.
Helas, ie pleure encor tous ces déreglemens.

Où nous iette la foy qu'on a pour les fermens
Que fans crainte du Ciel font ces ames impures.
Qui ne iurent iamais que pour eftre parjures.
Mais fi le Matelot forty du fein des eaux
Où la fureur des vents a brifé fes vaiffeaux,
Preffé d'vne douleur qui n'a point de feconde.
Detefte mal-heureux l'inconftance de l'onde,
Moy ie fais mille vœux de ne plus m'engager
Dans les attachemens d'vn fexe fi leger.
Ne t'eftonne donc plus fi quelquefois ma veine
Feint des ennuis fecrets pour Phylis , pour Cly-
        mene,
Ces ennuis que ie feins, ces prifons & ces fers
Sont pour vanger mon cœur des maux qu'il a
        foufferts.
Ie me plais à verfer par tout de fauffes larmes
Pour combattre le fexe auec fes propres armes.
Et ne demande aux Dieux pour eftre fatisfait
Que de luy rendre vn iour le tourment qu'il m'a
        fait.
Voila le paffe-temps cher Cleandre où i'amufe
Les momens bien-heureux de ma riante Mufe,
Et fi fon feu diuin pouuoit par l'Vniuers
Faire viure à iamais la douceur de tes vers,
Ie voudrois confacrer au Temple de Memoire
Par des chants eternels ton illuftre memoire.

SVR LE RETOVR
du Printemps & de
Syluie.

ENfin apres tant de froidure
Nous voyons renaistre & fleurir
Ces ornemens de la nature
Que l'hyuer auoit fait mourir:
L'Astre qui produit toutes choses
Fait de la terre vn lit de roses
par son agreable retour;
N'admirez pas cette merueille,
Le vostre, ô b. auté sans pareille,
Fait renaistre aussi mon amour.

Apres vne si longue absence,
Ie commençois à respirer,
Mes maux calmoient leur violence,
Et mes feux alloient expirer:
Le souuenir de tant d'alarmes,
Le souuenir de tant de larmes
Forçoit mon cœur à se guerir,
L'absence me rendoit la vie;

Mais vos regards, belle Syluie
Me vont faire encore mourir.

Vaincu de la douleur mortelle,
    Que me cauſoit voſtre fierté,
    Ie ne vous eſtois plus fidele
    Et retirois ma liberté.
    Voſtre ame eſtant inexorable
    Ie ne vous croyois plus aimable
    Et ie n'adorois plus vos yeux,
    Mais quand les miens vous ont reueu
    Iamais Soleil hors de la nuë
    Ne parut ſi beau dans les Cieux.

Ne condamnez point ma victoire,
    Quand ie m'affranchis de vos loix
    Mon cœur n'aſpiroit qu'à la gloire
    De ſe perdre encore vne fois.
    que ſa recheute ſoit mortelle,
    Que vous ſoyez touſiours cruelle,
    que ie ſois percé de vos coups,
    Que vous m'outragiez à toute heure,
    Que ie languiſſe & que ie meure,
    Ie ne veux adorer que vous.

Dans ces beaux iours il n'est point d'ame
qui ne ressente de l'ardeur,
Et quiconque n'a point de flamme
Il sçait mal vser de son cœur.
Aujourd'huy l'amour & sa mere
quittent le sejour de Cythere
pour embraser tout l'Vniuers;
C'est d'eux que mon ame saisie
Esleue dans ma phantaisie
Des feux qui produisent ces vers.

Amour accompagné des graces
Marche auec ses traits & ses feux,
Et va par tout fondre les glaces
Des objets les plus orgueilleux.
Le plus hardy cesse de l'estre
Voyant ce puissant Dieu paroistre
pour la conqueste des humains:
Quoy ne craignez vous point cruelle
que vostre ame iniuste & rebelle
Ne tombe vn iour entre ses mains?

On void fleschir à son approche
Tout ce qui respire le iour,
Et tel dont le cœur est de roche
S'amollit aux traits de l'amour.

Tout cede à son pouuoir supréme
Et la chaste Diane mesme
Ressent l'ardeur de ses flambeaux:
En vain l'on s'en voudroit deffendre
Puisque son feu reduit en cendre
Les plus froides Nymphes des eaux.

La retraite & la solitude
Ne garentit point de ses fers,
Ce Dieu porte la seruitude
Dans les sejours les plus deserts.
Il triomphe chez les Bergeres
Dans les cabanes boccageres
Comme dans les Palais des Roys,
Rien ne resiste à sa puissance
Et c'est là qu'il void l'innocence
Pleinement sousmise à ses loix.

C'est là qu'vne flamme immortelle
Luit mesme dans le monument,
Et que pour estre amant fidele
Il suffit d'aimer seulement.
C'est là qu'vn Berger en seruage
Ne parle point d'autre langage
Que le langage des souspirs,
Et que ses yeux pleins de tristesse
isent assez à sa maistresse
Quelle est l'ardeur de ses desirs.

Il n'a pas affez d'éloquence
  pour bien exprimer fon ennuy,
  Mais fes regards & fon filence
  Sont affez éloquens pour luy.
  Son amante ieune & difcrete
  N'entend que trop fans interprete
  Quel eft fon amoureux tourment,
  Et moy dans ma douleur extréme
  Cent fois i'ay dit que ie vous aime
  Et l'ay cent fois dit vainement.

Vos beautez charment tout le monde,
  Vous allumez mille defirs,
  Vous eftes la fource feconde
  Et des larmes & des foufpirs,
  Vous eftes Reyne de ma vie,
  Vous eftes la feule où l'enuie
  Ne peut trouuer aucuns deffauts,
  Enfin vous eftes toute aimable
  Mais vous eftes inexorable,
  Et c'eft la caufe de mes maux.

Ah que difie, vne crainte vaine
  Peut-eftre vient troubler mon cœur,
  Ce doux printemps qui vous ramene
  Aura banny voftre rigueur.

Comme

Comme son pouuoir est extreme.
Comme ses feux animent mesme
Le plus insensible rocher ,
Comment ô beauté sans seconde,
Pourriez vous estre seule au monde
Que ses feux n'auroient pû toucher !

Ayez pitié, belle Syluie,
Des maux que ie souffre pour vous ;
Cette saison vous y conuie
Et ie le demande à genoux:
Si i'aime vne chose trop haute,
Si la mort doit punir ma faute,
Pour contenter vostre desir,
Daignez enfin me satisfaire
Et vous me verrez pour vous plaire
Mourir d'amour & de plaisir.

SVR LA MORT DE
Monsieur le Marquis de Mauleurier.

Qvand par l'arrest du fort infenfible à nos
        vœux
La mort perça Daphnis de fon trait rigoureux,
Le Ciel mefme en fremit & toute la nature
        Pleura fon auanture.

On vid fur fon lugubre & trifte monument
Les larmes à grands flots rouler confufément,
Et d'vne mefme voix le Berger, le Monarque
        Se plaindre de la parque.

L'adorable Inuenteur des fons harmonieux
Ce Dieu dont il apprit le langage des Dieux,
Se voyant par le fort defrober ce qu'il aime
        En foufpira luy-mefme.

En ce moment fatal les neuf sçauantes sœurs
Sur leur mont desolé verserent tant de pleurs,
Que de mille torrens elles grossirent l'onde
De leur source feconde.

Les plus nobles des arts ornerent son tombeau
De tout ce que iamais le trauail eut de beau,
Mais malgré leurs efforts on n'y put voir dépein-
res
Leurs douleurs & leurs plaintes.

La Reyne des amours que reueroit Daphnis
Ne le pleura pas moins qu'elle fit Adonis,
Le charmant Adonis dont la fin malheureuse
Luy fut si douloureuse,

Les cœurs qui trop souuent se sentent consumer
D'vn feu qui les deuore & ne peut s'exprimer,
Perdirent l'esperance en perdant l'interprete
De leur peine secrette.

Luy qui connût l'esprit de ces ieunes beautez
qui combattent l'amour par tant de cruautez,
Sceut donner aux amans des lumieres nouuelles
    Pour toucher ces rebelles.

D'vn air doux & galand, il parla de son feu,
De ses brustans souspirs souuent il fit vn jeu,
Et sceut pour vaincre vn cœur & dire, & ne pas dire
    Son amoureux martire.

Mais si de nostre sort les Iuges souuerains
Respandirent sur luy des dons à pleines mains,
Helas, cette richesse aussi bien que la vie
    Luy fut bien-tost rauie.

Son ame, sa belle ame, abandonna son corps
Le laissant pasle & froid dans le nôbre des morts,
Et passa dans les airs d'vne soudaine course
    Pour reioindre sa source.

C'est ainsi que ta vie, ô Berger trop charmant,
A ma tendre amitié ne dura qu'vn moment,
Telle qu'en vn beau iour naist & tôbe dans l'ôde
    La lumiere du monde.

STANCES GALANTES.

A Mour a beau tirer , ſes traits ſont ſuperflus,
Icy les doux propos ne font point de con-
    queſtes,
Retirez-vous ſouſpirs, larmes ne ſortez plus,
Dans ces lieux inhumains on ne ſçait qui vous
    eſtes.

Ce n'eſt pas qu'en ces lieux il ne ſoit des Cloris,
Dont les ieunes beautez ne ſoient incomparables,
Mais quand vn cœur ſe plaint de leurs cruels mé-
    pris,
Elles n'eſcoutent pas, ou ſont inexorables.

Pour auoir dás les yeux des charmes, des attraits,
Amarante & Cloris ne faites point les vaines;
Auecque vos beautez vous ne plairez iamais,
Si vos ames ne ſont vn peu moins inhumaines.

Pour nos cœurs , c'eſt trop peu d'auoir les traits
  charmans
Les yeux doux , le teint beau , la bouche ſans ſe-
  conde,
Il faut auoir encor mille antres agrémens
Et le ie ne ſçay quoy qui plaiſt à tout le monde.

Ce doux ie ne ſçay quoy par tout ſuiuroit vos pas
Si l'amour vne fois auoit fondu vos glaces,
Mais cet amour vous hait & vous ne l'aimez pas,
Eſt-ce pour l'obliger à vous faire des graces?

Vous promettez en vain de luy ſacrifier
Quád l'Hymen vous aura conduit dás le ſeruage,
On ne void point d'amans qui veüillent s'y fier,
Et ſupporter le ioug ſur vn ſi foible gage.

L'amour ne s'en va pas quand on le veut chaſſer,
Et ne vient pas touſiours lors que l'on veut qu'il
  vienne,
Le remettre à demain n'eſt-ce pas l'offenſer
Luy qui ne cónoiſt point d'autre loy que la ſiéne?

,, C'est faire à contretemps d'attendre à s'enflam-
mer
,, Quand par l'ordre du Ciel on nous le vient en-
ioindre,
,, Il ne faut pas se ioindre à dessein de s'aimer
,, Mais il se faut aimer à dessein de se ioindre.

Vous dites que l'amour & ses attraits vainqueurs
Sans le sacré lien sont les auteurs du crime,
Mais qui vous peut enfin apprendre si nos cœurs
Sont embrasez d'vn feu coupable ou legitime?

D'abord qu'vn noble amour se glisse en nostre
sein
On court sans resistance à l'objet que l'on aime,
On souspire, on languit, mais sans autre dessein,
Que d'aimer son amour & de le rendre extréme.

Quand l'interest se mesle à cette passion
Ce n'est plus vn amour, c'est vn appas funeste,
C'est vn piege qu'on tend à nostre affection,
Ce piege est dangereux, mais il est manifeste.

C'eſt ce bel intereſt qui produit tous les iours,
Les troubles inteſtins d'vn faſcheux mariage,
C'eſt luy qui fait mourir les plus chaſtes amours,
Et qui d'vn ſacré nœud fait vn dur eſclauage.

O deſtin trop heureux, le deſtin des bergers,
Dont le cœur enflammé n'eſt iamais infidele,
qui chaſſent de leurs bois ces amours eſtrangers
Que Venus deſauoüe, & qui ne ſont point d'elle.

Depuis que la ieuneſſe allume leurs deſirs,
Et qu'ils ont fait le choix qui leur plaît dauātage,
C'eſt aſſez pour bannir les larmes, les ſouſpirs,
Et viure trop contens le reſte de leur âge.

Vous qui pour des ſujets ſi vains & ſi legers
Fuyez ce bel exemple, & faites les ſeueres,
Si noſtre amour parfait nous eſgale aux bergers,
Vous deuez en amour eſgaler les bergeres.

SONNET,

Sur un Pedant qui ne sçauoit que la Logique Françoise, & qui mespri-soit tous les ouurages des autres.

TOy qui parles toûjours pour dire des sotises,
Toy qui n'escris iamais que galimatias,
Toy qui deurois porter sur l'eschine le bast,
Pour receuoir les coups de ceux que tu mesprises.

Toy qui vis en hibou, toy qui ne syllogises
Que dans le Baroco des Pedans & des fats,
Toy dont les Imprimeurs duppez de tes fatras
Maudiront à iamais les fausses marchandises.

Oses-tu mal-heureux prophaner les escrits,
Et le noble trauail de ces diuins esprits,
Que tu ne peux connoistre, & que la Fráce adore?

Insensé gueris-toy, de grace laisse-nous,
Va tenir ton eschole où l'on prend l'Ellebore,
On ne void en ces lieux desia que trop de fous.

D v

SVR LA MORT DE
Monfieur de Verderonne.

STANCES.

LE temps qui calme la douleur
  N'auoit pas effuyé mes larmes,
Ie regrettois encore, & DAPHNIS & fes charmes,
  Quand la parque a bleffé mon cœur
  Auecque de nouuelles armes.

Apres tant de tourmens foufferts,
  Ce cœur croyoit viure fans crainte,
Mais Syluandre n'eft plus, recourons à la plainte,
  Et faifons retentir les airs,
  Du mal dont noftre ame eft atteinte.

Sombres forefts, lieux efcartez,
  Où loin de ces efprits vulgaires
Se parloient en fecret nos Mufes folitaires,

Qu'auez-vous fait de vos beautez
Qui furent à nos yeux si cheres?

Depuis que ie reſſens l'ennuy
D'vne ſi funeſte auanture,
Vos arbres deſolez dépoüillent leur verdure,
Et l'on diroit qu'auecque luy
Doit mourir toute la nature.

On entend par tout en ces lieux
Gemir les filles de memoire,
La Nayade languit dans vne grotte noire,
Et c'eſt de l'eau de ſes beaux yeux
Qu'on void groſſir les eaux de Loire.

Ce Dieu qui preſide en nos bois,
Et qui reçoit nos ſacrifices,
Ce Dieu qui luy donnoit des regards ſi propices
Blaſme du ſort les dures loix
Qui luy dérobent ſes delices.

Celle que Syluandre aima tant
Dont la douceur eſt infinie,
Cette Reyne des cœurs, la charmante harmonie
N'a plus qu'vn lamentable chant
Pour plaindre vn ſi noble Genie..

D vj

Auecque luy dans le cercueil,
Sont les aimables chanſonettes;
Les vers doux & galans, les paſſions diſcrettes,
Et par tout ſe font voir en deüil
Les chalumeaux & les muſettes.

Enfin, ſon treſpas rigoureux
Met tout en vn deſordre extréme,
Mõ cœur à demy-mort n'aime plus ce qu'il aime,
Et n'eſt qu'vn reſte mal-heureux
Et de Syluandre & de moy-meſme.

SONNET,

Sur la mort de Mademoiselle de Chartres: graué sur l'airain aux Iacobins de Blois, où sont les entrailles de cette Princesse.

L E Ciel ietta sur elle vn regard amoureux,
Pour elle il espuisa cette source feconde
Qu'il répád à gráds flots sur les Reynes du móde,
Lors qu'il veut tout puissant rendre leur sort heu-
reux:

En esprit Marie Anne auoit passé nos vœux;
Marie Anne en beauté n'auoit point de seconde,
Et desia les mortels sur la terre & sur l'onde
Demandoient à genoux qu'elle regnast sur eux.

Quãd la mort qui ne craint ny sceptre ny couróne,
Vient luy percer le cœur d'vn trait qui l'empoi-
sonne,
Et de ses iours naissans arreste ainsi le cours.

Helas en ce moment qui nous rauit ſes charmes,
Nos plaintes, nos regrets, nos ſouſpirs & nos lar-
/ mes
La ſuiuirent au Ciel, & la ſuiuront touſiours.

STANCES,

Sur la mort de son Altesse Royale, feu Monsieur Duc d'Orleans.

AV milieu des plaisirs d'vne innocente vie,
Ie gouſtois les douceurs d'vn aimable ſejour
Sans me voir agité de cette noire enuie,
qui ſe ronge ſoy-meſme & tourmente la Cour.

Loin de l'ambition dont la ſoif importune
Des auides mortels fait tant de meſcontens,
Ie viuois trop heureux des biens de ma fortune,
Et pour moy les hyuers n'eſtoient que des prin-
temps.

Malgré le triſte bruit des guerrieres trompettes,
Syluandre & Lycidas, ces deux Chantres parfaits,
Par le ſon amoureux de leurs doctes muſettes,
Dans nos bois eſcartez faiſoient regner la paix.

Sur le gazon fleury qu'vne belle onde arrose,
Et sous l'ombrage obscur de nos charmás deserts,
Nous cueillions en repos , & le Myrte & la Rose,
Et bûuions de ces eaux qui font naistre les vers.

Quand le fort insensible aux peines que i'endure,
Pour se vanger de nous,& punir nostre orgueil
Par vn funeste coup estonna la nature,
Fit trembler l'Vniuers,& mit l'Europe en deüil.

Le feu noir & bruslant d'vne fievre fatale
Vint embrazer le sang, le beau sang de nos Roys,
Et choisit au milieu de la tige Royale,
Les delices du peuple,& le soustien des loix.

Cette fievre orgueilleuse autant que meurtriere,
Ministre sans pitié des rigueurs du destin,
Se fit voir en naissant desia superbe & fiere,
De l'espoir d'emporter vn si riche butin.

On l'attaque,on la presse,& d'vn puissant remede
Le secours la combat,& la chasse du fort,
Elle feint de ceder,& l'on croit qu'elle cede,
Tandis qu'elle medite vn plus mortel effort.

Ainsi le Grec lassé des sanglantes batailles
Qu'au belliqueux Troyen il donnoit vainement,
Feignit d'abandonner ses superbes murailles
Pour en faire au retour vn vaste embrazement.

La traistresse reuient, mais ses ardentes flammes
De mon Prince aux abois rédent les vœux côtens,
Son grand cœur la reçoit, & sçait qu'aux grandes
       ames
Le corps est vn Tyran qui regnetrop long-téps.

La mort qui suit de prés luy dône autant de ioye
Qu'en ressent le nocher arriué dans le port,
Il la prend de la main de celuy qui l'enuoye,
Et se plaist à mourir d'vne si belle mort.

Il souffre mille maux, & dans leur violence
Leuant humble & soûmis les yeux au firmament,
Veüillez, dit-il, Seigneur, augméter ma souffrâce,
Mais faites que mon cœur l'endure constammét.

Helas, ces mots sacrez, ces diuines paroles,
Des iours du grand Gaston terminerent le cours;
Et mes gemissemens vont encor aux deux poles,
Annoncer que mon Prince a finy ses beaux iours.

A MADEMOISELLE MA-
riane de Manciny.

POur chanter ce grand Cardinal
   Dont le Genie est sans esgal,
    Maints Rimeurs ont fait maintes pieces,
Pour moy ie veux chanter la moins grande des
     Nieces
    Et ie ne croy pas faire mal,

I'aurois loüé tant de hauts faits,
   Et i'aurois dit que pour iamais,
    Iules a calmé la tempeste,
Mais ie croy qu'il vaut mieux ne point rompre la
    teste,
    A qui nous a donné la paix.

Vous de qui les charmes diuers
Ont desia couru l'Vniuers,
Receuez ce fruit de Parnasse;
Aux gens de mon meftier vous deuez faire grace,
Comme eux vous compofez des vers.

Mais vos rimes ont ce bon-heur
Que Iules pour vous faire honneur,
S'en diuertit plus que des noftres;
Pluft au Ciel que ma Mufe en fift comme les vô-
tres,
On les fçauroit bien-toft par cœur.

Souuent pour vous perfecuter
On a voulu vous imputer
Que vous n'eftiez que la cadette,
Mais de ces mefdifans la langue eft indifcrette,
Et perfonne n'en peut douter,

Son Emihence à ce qu'on dit
Fait fi grand cas de voftre efprit
Qu'il vous traite de Niece aifnée,
C'eft vous que pour la paix & le grand Hymenée
Il confulta, dont bien nous prit.

Ie ſçay que Marie en beauté,
En attraits , en noble fierté,
Eſt vn objet incomparable,
Et qu'vn cœur que ſes traits ne rendent pas trai-
table
Eſt digne d'eſtre mal traité.

Ie ſçay qu'amour n'a point de feur
Ny de charmes ſi dangereux,
Qu'il n'ait mis dás les yeux d'Hortenſe;
Mais pour le cabinet, ie ſçay qu'en recompenſe,
Vous les valez bien toutes deux.

qu'on ne nous eſtale donc plus
Tous ces Eloges ſuperflus,
Qu'à Iules la France prepare,
C'eſt à vous, Mariane, eſprit charmant & rare,
Que tous ces Eloges ſont dûs.

L'AMOVR DESGVISE.

LE faſcheux ſouuenir de tant de maux paſſez,
Ordonnoit à mon cœur de tenir ſa cholere,
Et de dire à l'amour d'vn ton de voix amere,
porte ailleurs ton flambeau, perfide, c'eſt aſſez.

Quand faſché de me voir en cet heureux eſtat,
Qui me fait luy tenir hardiment ce langage,
Le Dieu pour ſe vanger voulut mettre en vſage
La flamme, le poiſon, le fer, l'aſſaſſinat.

Dans vn ſombre deſert à Diane ſacré,
S'eſleue vn fameux temple où regne le ſilence
Où le chaſſeur laſſé peut auecque innocence,
Chercher à ſon repos vn azyle aſſeuré.

Là n'oseroit paréstre vn desir amoureux,
Les folles passions n'y sont iamais connuës,
Les ames s'y font voir pures & toutes nuës
Et font à la Deesse en tout temps mille vœux.

En ce desert où luit cette sainte feruenr,
Amour qui veut tousiours vaincre par la surprise
D'vn habit emprunté se couure, se déguise,
Et porte par mes sens vne atteinte à mon cœur.

D'vn voile son beau corps par tout étoit couuert,
Son bandeau retroussé laissoit libre à la veuë
Le feu de ses regards, qui consume, qui tuë,
Et qui nous fait encore aimer ce qui nous perd.

Sur son teint delicat pour me mieux assaillir,
Brilloit le blanc des lis, & la pourpre des roses,
Et cent mille autres fleurs nonuellement escloses,
Qu'auecque tant d'enuie on brusle de cueillir.

Les charmes d'vn discours tendre & malicieux,
Sortoient si doucement de sa bouche vermeille
Que sa bouche eust surpris mon ame par l'oreille,
S'il n'eust desia surpris mon ame par les yeux.

Tout ce qu'on vid iamais,& de ris & d'amours,
De ces petits amours Miniftres de l'Empire
Qu'a le fils de Venus fur tout ce qui refpire,
En ce moment fatal parut à fon fecours.

Sous fon voile de neige on voyoit deux rondeurs
S'efleuer en fecret, fi fieres, fi charmantes,
Que l'aimable Vallon qui fuit leurs douces pêtes,
A l'auide penfer infpiroit mille ardeurs.

Tels eftoient les appas de ce ieune affaffin,
Qui fous vn autre fexe imitant Afcanie
Fit fentir à Didon vne peine infinie,
Et luy porta l'amour, & la mort dans le fein.

En ce cruel inftant, en ce funefte appreft,
D'vn trait empoifonné, le Dieu bleffe mon ame,
Elle reffent l'ardeur de fon ancienne flamme,
Elle perd fa franchife, & n'eft plus ce qu'elle eft.

Cette ame impenetrable à tant de coups mortels,
Qui mefprife l'amour, qui l'affronte & le braue,
De libre fe fait voir vne paifible efclaue,
Qui confent de mourir au pied de fes autels.

Encore

Encore s'il plaisoit à la rigueur du sort
Que ie pusse imiter la Reyne de Carthage,
Et que le bien qu'elle eut me tombast en partage,
Ie serois trop content de mourir de sa mort.

Amour qui fais le bien, & le mal quand tu veux,
Fais naistre en ce desert vne mesme auanture,
Fais pleuuoir des torrens, fais vne grotte obscure,
Et fais d'vn triste amant vn amât bien-heureux.

A MADAME LA PRIN-
ceſſe d'Angleterre.

VN ieune cœur bruſlant d'amour
    Vous va ſouuent faire la cour,
Et tout le monde croit qu'il en vaut bié vn autre,
    Il eſt grand, il eſt genereux,
Et pour toucher ce cœur mille autres font des
        vœux,
    Ne touchera-t'il point le voſtre ?

Auecque luy ſont les deſirs,
    Les feſtes, les jeux, les plaiſirs,
Les ris & les amours qui ſont tous à ſes gages:
    Ainſi va le Dieu des combats
quand pour voir la beauté dont il ſuit les appas,
    Il prend les meſmes équipages.

Ce Mars que Venus aime tant
A le regard rude pourtant,
Il a l'air vn peu vieux, & la main noire & laide,
Et pour la brauoure on sçait bien
Que ce fut vn mortel dans vn combat Troyen
Qui le fit tant crier à l'aide.

Ce n'est pas pour le quereller,
Mais celuy dont ie veux parler
N'any les yeux hagars, ny les mains bazannées,
Et pource qu'on nomme valeur
Amour pour la former dans vn si noble cœur
N'attend pas de longues années.

De luy ie ne suis pas connû,
Et de luy ie me serois tû
Pour vous que ie reuere, ô Princesse diuine;
Enfin, ie sçay ce qu'il vous est,
Et i'en diray beaucoup, si bien-tost il vous plaist
D'estre vn peu plus que sa cousine.

E ij

Au moins fuis-ie connu de vous
Depuis qu'à la mercy des loups
On me mit dans vos bois par vn oubly coupable,
Et malgré mon fort rigoureux
Si l'on ne m'euft rendu confus & mal-heureux,
I'eftois fans doute miferable.

Là ie iugeay, dont bien me prit,
que vos beaux yeux & voftre efprit
Meflent tant de refpect aux flammes qu'ils font
naiftre,
Que qui fe donne à vos beaux yeux
Par vn heureux fuccez peut eftre glorieux,
Et peut auffi ne le pas eftre.

Mais quoy que vos beaux yeux foiët tels
Que le plus grand des immortels
Ne puft mefme fãs crime afpirer à leurs charmes,
Il eft d'vn genereux vainqueur
De ne iamais tenir la derniere rigueur
A qui rend fes premieres armes.

SVR LA BVTTE,

Que son Altesse Royale auoit fait faire à Blois pour la belle veüe, & pour faire des obseruations de Mathematiques.

IE suis vne beauté solitaire & champestre,
Dont le premier Auril fait du bruit en ces
    lieux,
Et comme ces Titans qui brauerent les Cieux
La terre dans son sein me porte & me fait naistre.

Bien qu'en de sales mains on me force de crêstre,
Ie suis mesme en naissant les delices des yeux,
Et sans me trop vanter ie puis entre les Dieux
Estimer icy bas, & mon rere & mon Maistre.

❧❧❧

Nuit & iour ie me fens careffer des Zephirs,
Ils partagent pour moy leurs amoureux foûpirs,
Et modefte ie fuis la Riuale de Flore.

❧❧❧

Vn grand Prince me fait regner abfolument
Sur tout ce que ie voy du couchant à l'Aurore
Tandis que fon fçauoir m'efleue au Firmament.

A MADEMOISELLE
d'Orleans.

Portrait de la ieune Iris.

VEnez à mon secours merueilleux Genies de l'antiquité, peintres, Sculpteurs, poëtes, Orateurs, assemblez tout ce que l'art & l'estude vous a donné de plus beau, & faisons vn portrait qui soit la honte des siecles passez, la gloire du nostre & l'estonnement de l'auenir. Nous auons à representer vn objet viuant, en qui les beautez encore imparfaites osent combattre les grandeurs de la naissance. Il n'en faut rien dire que de veritable, & vostre imagination qui s'est espuisée en vos peintures fabuleuses, ne doit estre occupée icy qu'à bien imiter la nature pour en faire vn ouurage inimitable.

E iiij

Comme on void la naiſſante Aurore
Semer ſur l'Empire de Flore
Et la pourpre & l'azur dont elle peint les fleurs,
Ainſi la ieune Iris vous donne des couleurs
Pour la peindre auſſi belle & plus brillãte encore.

C'eſt donc la ieune Iris qu'il faut peindre: & nous
dirons qu'elle eſt en cet âge, auquel la nature prepare tout ce qu'elle a d'aimable pour en faire vne
choſe acheuée. Les Dieux de la terre la prendroient bien pour vne beauté toute faite; mais elle n'eſt pourtant, comme diſent les Poëtes, qu'en
l'Auril de ſes ans, c'eſt à dire, en la naiſſance de la
ſaiſon, où l'Aſtre du monde ne fait que commen-
cer les beaux iours, où l'incarnat des roſes eſt encore dans l'enclos des boutons, & où les humains
n'ont que l'eſperance des douceurs du printemps.
Ses cheueux ſont dans vn ſi bel ordre naturel,
que toutes les differentes coiffures qu'inuentent
les femmes pour l'ornement de leurs teſtes, ſemblent n'auoir eſté faites que pour elle. La couleur
en eſt ſi agreable, que ceux qui brillent entre les
feux du Ciel n'ont rien qui leur ſoit comparable.
Son auguſte front eſt le ſiege de la Majeſté, il
imprime le reſpect & nous monſtre des graces qui
ſont dignes de toutes les couronnes de l'Vniuers.
Que dirons-nous de ſes yeux, de ſa bouche, & de
ſon teint.

༺ஓ༻

Pour bien dépeindre icy les douceurs de ſes yeux
Seruons-nous de l'azur dont ſe parent les Cieux,
  Et comme le grand Promethée
  Montons ſans crainte au Firmament,
  Et d'vne lumiere empruntée
Animons les regards d'vn objet ſi charmant.

༺ஓ༻

Que le feu des rubis ſoit paſle & ſoit eſteint
Auprés du feu qu'amour a ſur ſa bouche peint.
  Que ſur le teint de la Princeſſe
  Brille vn aimable Coloris,
  Et comme elle en a la nobleſſe,
Qu'elle ait auſſi l'eſclat de la blancheur des lis.

༺ஓ༻

 Sa gorge eſt vn albaſtre viuant, & pour eſtre en
ſa perfection il ne luy manque rien que de n'auoir
pas encore aſſez veſcu. On peut dire la meſme
choſe de ſa taille, & pour bien repreſenter ſa danſe, il faut que l'on ſçache que quand elle auroit
eſté inſtruite de la main meſme d'Apollon, &
que les graces formeroient ſes pas, elle n'auroit ny plus de iuſteſſe, ny plus de charmes. Son
air modeſte, graue & maieſtueux ne luy oſte rien
de cette gayeté ſi neceſſaire à cet exercice, & comme ſa beauté donne de l'agrément à ſa danſe, on
peut dire que ſa danſe donne du relief à ſa beauté,
       E v

les flambeaux & le grand monde ne luy font naî-
tre qu'autant de rougeur qu'il en faut pour deffaire les autres belles, & les rofes & les lis tiénent
fi bien leur rang fur fon teint , que l'on diroit
qu'ils y ont efté placez par les fçauantes mains
de l'amour. C'eft tout ce que ie diray de fon exte-
rieur, car outre que la modeftie qu'elle tient de race , ne me permet pas de m'en expliquer dauantage , ie me fens forcé d'en taire les autres beautez
pour décrire celles de fon ame.

⚜⚜⚜

Vous qui des traits d'amour n'êtes point enflâmés,
    Vous cœurs impenetrables
  Qui ne voulez point eftre aimez,
Et qui n'auez iamais trouué d'objets aimables,
    Si c'eft enfin de plus nobles defirs
    Qui vous rendent ainfi rebelles,
    Si vous ne pouffez des foûpirs
    Que pour les beautez immortelles,
Vous pouuez adorer ce miracle des belles.

⚜⚜⚜

Les grandeurs de fon ame, de fon efprit , de fon
iugement & de fa memoire, ne font pas de ces chofes que le temps puiffe vieillir. Ses mœurs font
formées fur vn fi beau modele , que les ans ne luy
donneront que ce qu'ils ont donné à ceux de qui
elle les tient. Sa vertu eft vne beauté hereditaire,
qui luy effeuera vn Throfne eternel dans la memoire des hommes, & fon education rendra celef-

bre la perſonne qui en a eſté honorée. La belle
Iris eſt ſi ieune que pour en faire le tableau, il faut
prenenir le temps, & dire moins ce qu'elle eſt que
ce qu'elle ſera , mais les predictions que l'on en
fait ne ſont pas de celles dont on puiſſe douter.
Quelques euenemens que puiſſe auoir le cours de
ſes belles années ; dans l'incertitude des choſes de
ce monde, ſa naiſſance Royale & ſa vertu la ren-
dront ſemblable à l'Aſtre du iour , qui malgré la
difference des ſaiſons eſt tonſiours ce meſme Aſtre
admirable, elle ſera comme luy au-deſſus des ora-
ges,& comme luy elle les diſſipera.

C'eſt ainſi que le Ciel pour ſoulager nos peines
Se fait voir quelquefois indulgent à nos vœux,
C'eſt ainſi que du monde il fait naiſtre les Reines
Lors qu'il veut tout puiſſant rendre le monde
heureux.

PORTRAIT DE MADE-
moiselle de Valois.

IEntreprens de vous peindre grande princesse
de Valois , & bien me prend d'en sçauoir le
mestier;car quelle seureté y auroit-il pour moy si
ie ne vous peignois ? Vos yeux qui ont le don de
parler plus d'vne langue , me dirent hier quelque
chose de fier,lors que ie leus le portrait de Mademoiselle d'Orleans , & qu'ils virent le vostre en
blanc.

De l'humeur dont vous estes née
N'est-il pas vray, Duchesse de Valois,
que c'est trop peupour vous d'estre du sang des
          Roys ,
Et d'auoir en naissant la teste couronnée?
Vostre ame voudroit bien nous soûmettre à ses
          loix,
Et faire vn peu la fille aisnée.

Mais s'il ne tient qu'a donner à Voftre Altef-
fe Royale quelques années de plus pour la fa-
tis faire, elle n'a qu'à dire ; nous autres peintres nous en oftons, & nous en donnons à qui
nous plaift. pour vous faire donc prefent d'vne
chofe que les autres craignent tant d'auoir, ie
n'ay qu'à parler naïfuement de voftre efprit, on
vous croira pour le moins majeure : mais s'il faut
vn titre encore plus conuainquant.

Vous n'eftes point cadette,
Et pour le bien perfuader aux gens
On fçait que depuis vn long-temps,
Le grand Prince qui vous a faite
Vous appelle coquette,
Et l'on ne l'eft bien qu'à vingt ans.

Il eft donc conftant que vous auez mefme plus
d'années que vous ne penfez. Et depuis voftre
mariage vne fort grande famille vous a fuiuie
par tout : Quelques gens ont voulu dire que
c'eftoit des enfans fuppofez, & de ceux en vn
mot qui naiffent au pays de Babioles ; mais c'eft
vne mefdifance, & pour le monftrer, tout le monde fçait qu'ils font l'ouurage de vos belles mains.
Vous voila donc pleinement iuftifiée du cofté de

l'âge:mais comment ferons-nous, Princesse, pour
vous donner la taille d'aisnée ? Nous aurons beau
inuoquer le secours du liege , il sera court pour
nous. La hauteur de Mademoiselle nous gastera
tout , & d'ailleurs ie ne sçay si elle ne sera point
assez fascheuse pour ne vouloir pas estre cadette.
Cela est vn peu embarassant , mais afin de faire
toutes choses à vostre mode,c'est à dire glorieuse-
ment,nous dirons que les autres deuiennent grandes malgré qu'elles en ayent,mais pour vous que
vous auez voulu demeurer petite, afin de paréstre
plus long-temps ieune.

CBCB

Tel est le Dieu d'amour le plus puissât des Dieux,
Il paroist à nos yeux
Enfant comme vous estes,
Mais cet enfant redoutable en ses coups
Fait tous les iours mille conquestes
A peu prés comme vous.

CBCB

Tout de bon, s'il vous plaisoit de vous reuestir
de ses aisles on vous prédroit pour luy. Vous estes
aussi bien que luy de la race des Dieux, il a côme
vous les yeux doux & brillans;Vous auez comme
luy le teint vif, ie ne dis pas blanc comme neige;
car côment la neige pourroit-elle estre compatible
auecque vos traits de flâme ?Vostre nez est mieux
fait que le sien, ne luy en déplaise , & ie tiens sans

mefdifance l'amour mefme vn peu camus. Pour la
bouche,

Qu'on ioigne enfemble deux cerifes,
Et qu'au milieu maintes perles foient mifes
  D'vne efgale groffeur,
  Que les ris & les graces
  Pour nous charmer le cœur
  Y tiennent bien leurs places.
  Qu'vn ieune parler gras
  S'y mefle auec vn accent agreable,
Si ce n'eft de l'amour le petit bec aimable,
C'eft le voftre ou ma foy ie ne m'y connoy pas.

Il refte de fçauoir qui de vous deux fera le plus
de mal. Ce Dieu n'a tantoft plus d'empire fur les
ames de la Cour, & ie voy deformais les belles paf-
fiōs reduites au village, mais pour vous Princeffe,
vous auez des yeux qui peuuent dire : TREMBLEZ
GRANDS ROYS ET PRENEZ GARDE A VOVS.
Amour a mille faux attraits dans le difcours , le
voftre n'en a que de veritables ; les pleurs ne luy
couftent rien , vous les auez à commandement; il
eft coquet.

Et vous Duchesse de Valois,
Pourueu que Maman le permette,
Ne serez-vous iamais,ie ne dis pas coquette,
La rime le veut toutefois.

Enfin, ie ne sçay qui des deux
pourra causer plus de martyre,
Mais princesse entre nous , puis qu'il faut vous le
dire,
Vos yeux sont de vrays boutefeux.

A MADAME LA MARES-
chale de la Ferté.

Portrait de Clymene.

SI la belle Clymene doit rendre graces au Ciel de toutes les faueurs qu'elle en a receuës, quelle obligation ne m'a-t'on point de la peinture que ie fais d'vn si noble original ? Il y a des raretez dans la nature qui seroient inconnuës aux hommes , si l'on n'auoit pris le soin de les publier ; & bien que Clymene soit d'vne naissance, d'vne vertu , & d'vne qualité à faire du bruit dans le monde , les grands emplois qu'a celuy à qui elle s'est donnée, l'esloignans de la Cour pour la rendre inseparable de sa personne , il faut que la Cour sçache qu'elle perd en elle l'vn de ses plus beaux ornemens. Clymene a vne sœur nommée Cloris, que l'on croit la plus belle personne de France , cette sœur n'a cet auantage sur les autres , que parce que Clymene est absente.

De tout temps on a fait des vœux
Et pour les bruns & pour les blonds cheueux,
Mais i'ay veu mille fois toute la Cour en peine
Pour sçauoir qui des deux emporteroit le prix
Ou des cheueux blonds de Cloris,
Ou des cheueux bruns de Clymene.

Elles ont partagé tous les cœurs tant qu'elles ont esté filles, mais cette foule de cœurs a eu son congé pour iamais du moment qu'elles en ont eu choisi deux. Cloris a choisi la premiere, & elle s'en est bien trouuée; Clymene est venuë apres, & a fait choix d'vn si grand cœur qu'il aura part à cette immortalité, qui est tousiours la recompense de ses pareils. Pour meriter ce Heros, la nature l'a fait naistre auec toutes les graces qui peuuent surprendre la liberté des hommes, elle a les yeux doux, le teint beau, le nez bien fait, la bouche petite, les dents belles, la taille haute, & vn air qui fait bien voir ce qu'elle est née.

Telle iadis estoit la Reyne de Cythere,
Lors que dans le dessein de plaire
Au grand Dieu des combats
Les ris & les amours suiuoient par tout ses pas.

En ce point seulement differoit la Deesse,
Que de son Mars elle estoit la maistresse
Et que du sien Clymene ne l'est pas,

Mais ce n'est pas seulement de la part de l'amour
que sa conduite est belle, ses grandeurs & sa gloire
qui auroient pû enfler le cœur d'vne autre , ont
laissé le sien dans l'assiette où elles l'ont trouué.
Elle a tousiours gardé la mesme moderation , &
comme la fortune ne l'a point esleuée au-dessus de
son merite , elle n'a pû aussi luy donner vn sentiment indigne de sa vertu.

La fortune & l'amour ont respandu sur elle
L'esclat de la richesse & les beautez du corps,
Mais l'ame de Clymene est encore plus belle
Que tous ses doux apas,& que tous ses thresors,

A MADAME
de Valençay.

Le Portrait d'Amaryllis.

EN l'aimable saison où l'on void la nature
Briller de toutes parts d'vne riche peinture,
Qui pare l'Vniuers & qui donne à nos sens
Les plaisirs les plus doux & les plus innocens.
Dans vn lieu sans pareil où la charmante Flore
Reposoit sur les fleurs qu'elle auoit fait esclore,
Au milieu du parfum des odorans souspirs
Que poussent au printemps les amoureux Ze-
     phyrs.
Entre toutes les fleurs il s'esmût vne guerre
Dont le bruit esclattant courut toute la terre,
Estonna les humains, monta iusques aux Cieux,
Et sema la discorde entre les plus grands Dieux.
L'aimable violette & le doux hyacynte
Touchez esgalement d'vne mortelle atteinte,
Et pleurant en secret leurs communes douleurs
Firent ainsi leur plainte aux plus petites fleurs.
    Depuis que le destin nous a fait naistre au mon-
     de
pour y voir du Soleil la lumiere feconde.

Mille superbes fleurs ont eu la cruauté
De nous en defrober l'adorable clarté,
Mais fur toutes la rofe en fon feüillage fombre
Nous force de languir dans les froideurs de l'om-
   bre,
Et nous ofte l'efclat de ce teint fans pareil
Que nous peuuent donner les baifers du Soleil.
Il eft temps de combattre vne fi noire enuie
Qui deftruit noftre gloire en nous oftant la vie,
Et nous aurons toufiours les Dieux pour prote-
   cteurs
Puifque les Immortels font les peres des fleurs.
  Entr'autres le foucy fleur vn peu trop mutine,
Et dont le cœur chagrin ne defment point la
   mine,
Tefmoigna tant d'aigreur, parla fi hautement,
Que fa plainte par tout courut en vn moment.
Le lys imperieux en paflit de cholere,
Et fon cœur irrité ne s'en pût iamais taire.
La rofe en fut honteufe, & ce cruel affront
D'vn rouge plus brillant luy fit briller le front.
  Quoy, dit-elle, on verra des indignes fleuret-
   tes
Se comparer fans crainte aux fleurs les plus par-
   faites?
Quoy celles qu'à nos pieds a foûmifes le fort,
Braueront qui les peut condamner à la mort?
Nous n'auôs que trop veu les intrigues nouuelles
Qui les ont fait paffer iufques au fond des
   ruelles,
Où fur l'or & la pourpre elles font tous les iours
Entre les doux propos, les ieux & les amours.

On ne les void que trop foibles autant que vaines
Parmy nous sans respect faire les souueraines,
Et se montrer à tous au milieu d'vn bouquet
Comme la fleur d'orange, ou la rose, ou l'œiller.
Il ne faut plus souffrir que d'vne ame insolente
Elles baisent le sein de Phylis & d'Orante,
Puisque c'est trop oser, puis qu'il n'appartient pas
A des Nains mal-heureux qui rampent icy-bas,
De monter par l'effort d'vne entreprise vaine
Où les plus grands des Dieux ne paruiennent qu'à
      peine.
    C'est ainsi que les fleurs d'vn cœur tout plein
      de fiel
Se liuroient vn combat qui partagea le Ciel.
Aussi-tost chaque Dieu d'vne chaleur extréme
Prit party pour la fleur qu'il protege & qu'il ai-
    me :
Chacun sans distinguer sexe, âge, qualité,
Sur ce point fut ialoux de son authorité,
Et sans aucun respect le fils contre le pere
Fit voir où peut aller le feu de la cholere.
L'adorable Apollon à qui l'on doit le iour
Se souuenant encor de cette ardente amour
Qui luy brusla le cœur pour l'aimable hyacynte,
Se sentit tendrement émouuoir à sa plainte,
Et ce Dieu dont l'esclat est si vif & si pur
Troubla ses beaux rayons par vn nüage obscur.
  Ie ne veux point, dit-il, qu'on me fasse l'iniure
pour les biens que ie fais à toute la nature,
De vouloir contre moy soustenir l'interest
Des fleurs qui ne sont fleurs que parce qu'il me
    plaist.

Quãd ie veux ie fais viure&mourir toutes chofes,
Si l'on en doute encor,ie feicheray les rofes,
Le brufleray le Myrthe & ces ingrates fleurs
Qui ne refpectent pas mes fecondes chaleurs.
Cet orgueilleux propos, cette fiere menace
Enflâma de courroux le grand Dieu de la Thrace,
Il ne fçauoit que trop qu'vn fi piquant difcours
Toucheroit iufqu'au cœur la Reyne des amours,
Et le fien eut pouffé plus auant la querelle
S'il n'eût point découuert fó époux auprés d'elle.
Il feignit, il cacha fon vif reffentiment
Et contraignit fon ame en ce fafcheux moment.
Le long fiege de Troye & fes guerres funeftes
Ne troublerent pas tant les puiffances celeftes
Que fit en vn printemps la difcorde des fleurs
Qui coufta tant de maux,de foufpirs & de pleurs.
Dans ce trouble fatal vne des marguerites
Que le Soleil comptoit entre fes fauorites,
Sur qui cet Aftre aimable auoit peint vn threfor
Où parmy les rubis brilloit l'argent & l'or,
Et qu'il fembloit fur tout auoir ainfi choifie
Pour donner à fes fœurs vn peu de ialoufie,
Se trouuant opprimée entre ces differens
Qui cõfondent des fleurs la naiffance& les rangs,
Coniura des grands Dieux la puiffance fupréme
D'accorder le remede à fa douleur extréme.
Ie cede, difoit-elle, aux genereux Lauriers
L'hõneur d'être fameux dãs les exploits gueriers,
Pour moy qui fuis craintiue & répãte fur terre
Ie languis au milieu d'vne funefte guerre,
Et fi quelque pitié peut attendrir vos cœurs,
S'ils prennét quelque foin des malheureufes fleurs,

Grands Dieux soyez touchez des peines que i'en-
    dure
Et changez ma figure en vne autre figure.
Mon cœur n'aspire pas au destin glorieux
De gouster parmy vous les delices des Cieux.
Comme vous m'auez faite vne fleur solitaire
C'est assez que ie sois vne simple bergere,
Et mes vœux sur ce point se verront accomplis
Si ie puis obtenir le nom d'Amaryllis.
La fleur à ce discours par sa Metamorphose
Sentit changer sa forme en la plus belle chose,
Que iamais la nature & la bonté des Dieux
Pour enflammer nostre ame ait fait voir à nos
    yeux.
Cette douce fraischeur qu'au leuer de l'Aurore
On void sur les Iasmins que la nuit fait esclore,
Ce coloris charmant, cet aimable incarnat,
Qui paroist sur la rose auec que tant d'esclat,
Ce meslange de fleurs dont la terre pourueuë
Fait vn brillant esmail qui nous confond la veuë,
Ne sçauroit esgaler les roses & les lis
Dont se pare en tout temps la belle Amaryllis:
Ses yeux doux & perçans, amoureux & modestes
Ont toutes les beautez & tous les dons celestes;
Le feu qui les anime est si doux & si pur
Que ce sont deux Soleils qui brillent dãs l'azur.
Son corps a tant d'appas en ce qu'il fait parestre
Que l'on adore en luy les Dieux qui l'ont fait
    naistre,
Et la nature enfin n'en produit point de tels
S'ils n'ont esté formez du sang des Immor-
    tels.

Son air est si galant,& sa taille si belle,
Qu'vn cœur ne viuroit pas s'il ne brusloit pour
      elle:
Par tout ses doux regards font les roses fleurir,
Mais vn moment fatal les fait naistre & mourir.
Elle les foule aux pieds, leur presence l'irrite,
Et la porte à venger sa chere Marguerite.
Enfin pour dire tout, il n'est point de portraits
Qui pussent bien répondre à ses diuins attraits,
Et le peintre fameux qui peindroit cette belle,
Fust-ce le grand Zeuxis, fust-ce le grand Appelle,
N'en pourroit iamais faire vn portrait assez beau
Si la main de l'amour ne guidoit son pinceau.
Vous qui sentez pour elle vne bruslante flamme,
Mortels qui penetrez iusqu'au fond de son ame,
Et qui possedez l'art qu'amour donne aux amans
Pour en bien découurir les secrets mouuemens:
Venez dépeindre icy les beautez immortelles
Que renferme au dedans cette Reyne des belles,
Et sans vous trop flater consultez bien vos cœurs
Si la Nymphe a pour vous des iniustes rigueurs.

PORTRAIT A DEVINER.

A TYRSIS.

Entre les plus charmants objets
Ie peins le plus charmant qui soit en la nature,
Amour me preste vn de ses traits
pour en tracer icy l'agreable figure.

Ie veux peindre vn ieune garçon
Qui tient desia les cœurs sous so naissant Empire,
Et si tu n'en sçais pas le nom
Deuine-le, Tyrsis, ie n'oserois le dire.

Par mille soins iniurieux
Aux yeux de tout le monde on pretéd le deffendre,
Car s'il paroissoit à nos yeux
On dit qu'il pourroit bié mettre le móde en cédre.

Mais on a beau prendre ces soins
Pour le tenir caché deſſous vn voile ſombre,
Il n'en eſclattera pas moins
Quand ſon feu brillera dãs les froideurs de l'õbre.

Pour conſeruer ſa chaſteté
Il ſera gouuerné par vne ame conſtante,
Mais s'il en eſt perſecuté
A ſon tour il pourra faſcher ſa gouuernante.

Il n'eſt qu'en l'âge de quinze ans,
Mais il eſt auſſi beau qu'il puiſſe iamais eſtre:
Il a mille & mille agrémens
Qui dureront touſiours s'il peut ceſſer de creſtre.

Sur ſon beau front naiſt à l'entour
Ce poil doré qu'on vãte au Dieu qui nous éclaire,
Ou pluſtoſt celuy de l'amour
Lors que ieune il folaſtre au giron de ſa Mere.

Tel estoit sans doute autrefois
Celuy qui fut le prix d'vne fatale pomme,
Qui mit en armes tant de Roys,
Qui renuersa pergame & qui fit naistre Rome.

Si mon iugement n'est pas vain,
Celuy que ie fay voir en sa perruque blonde
Mettra les armes à la main,
Mais ces armes, Tyrsis, fót peu mourir de monde,

Qúoy qu'on nous veüille discourir
De ces ardens combats où l'amour est le maistre,
On n'en a guere veu mourir;
Mais de ces coups, Tyrsis, on en void beaucoup
naistre.

Celuy que ie peins sans égal
En fera bien languir à force de leur plaire,
Mais s'il peut leur faire du mal
C'est en ne faisant pas le bié qu'il pourroit faire,

La coustume veut auiourd'huy
Qu'on peigne les deffauts de l'objet le plus rare;
Tout ce que ie crains donc de luy,
Est que de ses thresors il ne soit trop auare.

Mais ie me tais sur ce deffaut
Puis qu'à de tels thresors mõ cœur n'ose pretẽdre;
Toy dont l'ame aspire si haut,
Si tu le peux, Tyrsis, sur eux tu dois t'estendre.

Sur l'objet que ton cœur cherit
C'est à toy de parler, c'est à moy de me taire,
Mais apres en auoir bien dit
Confessons que nos yeux ne le connoissent guere.

Tout ce qu'on sçait de sa beauté,
Est qu'en son ignorance est sa plus grãde adresse,
Sa richesse en sa nudité,
Et qu'enfin sa grandeur est en sa petitesse.

MASCARADE
IN PROMPTV.

*Sur les diuertiffemens du Carnaual,
prefentés à leurs Alteffes Royales
à Blois, par Monfieur de
la Place.*

LE IEV.

De mille enfans
Ie fuis le pere,
Et tous les iours on m'en void faire,
Tantoft de mal-heureux, tantoft de triomphans,
D'vn mariage legitime
I'ay fait naiftre Picquet, Trictrac, Hoc, Befte &
Prime,
Et fans les trop prifer
Il eft affez de gens de qualité fublime
qui veulent bien les efpoufer.

Mais on dit fy de la caſſade,
Du capot & de l'enfilade.

LA MVSIQVE.

Ie fais les paſſe-temps
Des riches & des grands,
Et ie ſuis de race ancienne;
Mais pour hanter les riches de tout temps
On ne void pas qu'enfin ie la deuienne.

LA COQVETTERIE.

Homme & femme qui ſe meſle
Auec les diuertiſſemens.
Que vient donc faire en cette Cour
Cette engeance maſle & femelle ,
puis qu'on ne void point de ſejour,
Ny moins propre pour luy, ny moins propre pour
elle!

F iiij

LA BONNE CHERE.

S'il est icy quelque ame precieuse,
Qu'elle songe à s'esuanoüir,
Car ie m'en vay la resioüir
De prouerbe & façon de parler odieuse.
Ie suis comme vn Roy d'Yuetot,
Ie suis aussi gay que Perrot,
quand i'ay mangé maints ragouts d'importáce,
Ainsi ie puis dire en vn mot,
Que de la panse
Vient la danse.

LA MASCARADE.

Mascarade par-cy, Mascarade par-là
Se void en ce temps pratiquée,
Mais telle qui se masquera
Sera fort laide démasquée.

LA DANSE.

La danse a mille & mille appas
Quand on la possede auec art,
Mais s'il arriue par hazard
Que quelqu'vn fasse vn mauuais pas,
Il n'a qu'à se tenir gaillard
On ne luy pardonnera pas.

PREMIER LIVRE
de Chansons.

I.

N'entendez-vous point ce langage ?
Quoy donc, Phylis, faut-il mettre en vsage
Les accens de la voix.
Mon cœur a deuant vous souspiré mille fois,
N'entendez-vous point ce langage ?

Vous estes si belle & si sage,
N'auez-vous point connu sur mon visage
Ce que ie veux de vous ?
Ie suis à tous momens à vos pieds à genoux,
N'entendez-vous point ce langage ?

S'il faut en faire dauantage
Ne croyez pas que ie perde courage
Pour soulager mes feux.
Phylis, tout est permis aux amans mal-heureux,
N'entendez-vous point ce langage?

CHANSON

II.

Incredule beauté qui voulez ignorer
Le tourment trop visible
Que vos yeux me font endurer:
Helas belle inflexible!
Si vous sentiez les maux qui me font souspirer,
Vous seriez plus sensible.

Tandis que ie ressens vostre extréme rigueur,
Et que ie tiens secrettes
Les flammes qui bruslent mon cœur,
Ingrate que vous estes,
Tout le monde sçaura ce qui fait ma langueur
Horsmis vous qui la faites.

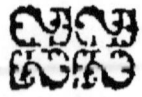

CHANSON A DANSER,

III.

Faut-il prendre vn si long terme
Pour contenter mes souhaits ?
Belle Amynte, vos delais
Rébutteroient le plus ferme,
Il ne faut qu'vn bon moment
Pour satisfaire vn amant.

Quoy voulez-vous que ie meure
Faute du bien que i'attens ?
I'ay souffert vn si long-temps
Me refusez-vous vne heure ?
Il ne faut qu'vn bon moment
Pour satisfaire vn amant.

CHANSON

I V.

Amans qui faites les diſcrets,
Et qui tenez vos maux ſecrets
pour nous parêſtre plus fideles,
Ceſſez de cacher vos regrets,
Les Dames veulent bien qu'on ſoûpire pour elles

C'eſt vous contraindre vainement
De nous celer voſtre tourment
Qui fait la gloire des plus belles,
Il faut ſe plaindre librement,
Les Dames veulent bien qu'on ſoûpire pour elles

Bien qu'elles traitent de meſpris
Le feu dont vos cœurs ſont eſpris,
Et qu'elles faſſent les cruelles,
Amans n'y ſoyez Iamais pris,
Les Dames veulent bien qu'on ſoûpire pour elles

CHANSON.

V.

Si mes souspirs sont indiscrets,
Hé quoy faut-il vous en mettre en cholere ?
Quand on est blessé de vos traits,
Amynte, peut-on bien se taire ?
Pardonnez si mon cœur sur le point d'expirer
Pour se vanger de vous a voulu souspirer.

En cet estat tout est permis,
Et mes souspirs tesmoins de mon martyre
Seroient mes plus fiers ennemis
S'ils ne me seruoient à vous dire,
Pardonnez si mon cœur sur le point d'expirer
Pour se vanger de vous a voulu souspirer.

CHANSON

VI.

Taifez-vous, mes foufpirs, tefmoins iniutieux
De mes flammes fecretes,
Vous ne fçauez ce que vous faires,
Vous perdez le refpect, laiffez parler mes yeux,
Ils font plus difcrets que vous n'eftes.

Importuns, quoy faut-il que mon cœur deformais
Pour plaire à voftre enuie
S'expofe à déplaire à Syluie.
Cachez-vous mal-heureux, ne vous monftrez ia-
mais
Qu'au dernier moment de ma vie.

CHANSON

VII.

Helas Phylis quand ie souspire
Ne croyez pas que ce soit du martyre
   Que ie n'ose vous découurir:
Si mon mal est pressant, mon respect est extréme,
   Et mes souspirs ne disent pas que i'aime,
   Ils disent que ie vay mourir.

Par mes douleurs & mon silence
Iugez, philis, si mon obeyssance
   Cede aux flammes de mon amour.
Ie cache mes langueurs auec vn soin extréme,
   Et mes souspirs ne disent pas que i'aime,
   Ils disent que ie perds le iour.

CHANSON

VIII.

Ie sçay, Philis, ce que ie fais pour vous
quand i'aimé vos beautez parfaites,
Mais quand vos yeux ont pour moy du courrous
Vous ne sçauez ce que vous faites.

Mon cœur n'est pas vn cœur à mesprisé
Puisque ses flammes sont discretues,
Apprenez donc comme il en faut vser,
Vous ne sçauez ce que vous faites,

Contraignez-vous & rendez-moy content
Trop inhumaine que vous estes;
Il n'en est pas tousiours d'aussi constant,
Vous ne sçauez ce que vous faites,

CHANSON

IX.

Affreux deſerts, lieux ſacrez où m'amene
   La rigueur de Clymene
   Pour y chercher en ſecret le treſpas;
   Si ie me plains, helas !
Ie ſuis trop malheureux pour vous taire ma peine,
Vous eſtes trop diſcrets pour ne la taire pas.

Si la douleur que ie reſſens pour elle,
   Si ſon ame infidele
   porte mon cœur à ces triſtes regrets,
   Rendez-vous plus diſcrets ,
Cachez mon deſeſpoir aux yeux de la cruelle,
Soyez-en les teſmoins, & n'en parlez iamais.

CHANSON

X.

Souspirs esprits de flamme,
Derniers efforts des tourmens de mon ame,
Allez rendre à phylis les preuues de ma foy,
Dites-luy que ie meurs estouffé de mes larmes,
Et qu'il ne reste plus en moy
Que le souuenir de ses charmes.

S'il est vray que vous estes
Les seuls tesmoins de mes peines secrettes,
Allez trouuer phylis en ce dernier moment,
Découurez-luy l'estat où mó cœur est pour elle,
Et que c'est de vous seulement
Qu'elle en peut sçauoir la nouuelle.

SECOND COVPPLET DE,

Vous auez dit belle indiscrette.

X I.

Vous qui n'auez point de seconde,
Falloit-il dire à tout le monde
Vne chose qui n'estoit rien ?
Qui vous contraignoit à le faire ?
Vostre bouche auoit fait le bien,
Vostre bouche le deuoit taire.

CHANSON

XII.

Tout le monde , Phylis , dit que vos yeux sont
doux,
    Mais qu'il en faut craindre les coups
    Comme vne chose ineuitable:
Ha, ie ne sçay que trop que vous estes aimable,
    Mais ie voudrois sçauoir de vous
    Si vous serez inexorable.

Pour n'auoir veu, Philis , vos beautez qu'vn moment
    Ie sçay par mon propre tourment
    Quelle est enfin vostre puissance,
Mais ne me priuez pas de cette confidence,
    Ie vous demande seulement
    Si ie mourray sans recompense.

CHANSON

XIII.

Pourquoy faut-il tesmoigner de la haine,
Quand ie vous dis que ie meure de vos coups,
　　　Soyez vn peu moins inhumaine,
　　　　Belle Clymene,
　　　　Moderez-vous.
Ie suis discret & ne suis point leger,
Cela vaut bien la peine d'y songer.

Ne rendez point mon esperance vaine,
Reconnoissez mon amour & ma foy:
　　　Il n'en est pas à la douzaine,
　　　　Belle Clymene,
　　　　De tels que moy.
Ie suis discret & ne suis point leger,
Cela vaut bien la peine d'y songer.

CHANSON

XIV.

Pressé de la douleur dont mon ame est atteinte,
Ie vous confesse, Amynte,
Que mes souspirs font vn peu trop de bruit :
Mais au funeste estat où vous m'auez reduit
Le mal vaut bien la plainte.

Si ie ne vous rends pas toute l'obeyssance,
Si ie romps le silence
Pour descouurir vn feu qui me destruit ;
Au mal-heureux estat où vous m'auez reduit
Le mal passe l'offense.

CHANSON
XV.

Allez, souspirs, allez trouuer Syluie
Pour luy descouurir mes langueurs.
Dites-luy qu'enfin ie me meurs,
Et qu'au moment qu'elle m'oste la vie,
I'ay pour ses yeux tant de crainte & d'amour
Qu'elle y perdra quand ie perdray le iour.

Si ses mespris & les maux que i'endure
N'ont pu m'affranchir de ses traits,
Dites-luy qu'il ne fut iamais
Vn cœur bruslé d'yne flamme si pure,
Et que ses yeux qui causent mon amour
Perdront en moy quand ie perdray le iour.

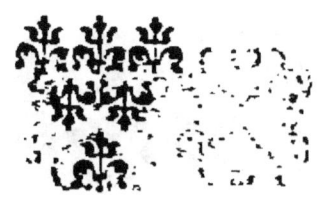

CHANSON

XVI.

Les beautez de Phylis, Amaranthe & Cloris,
　Bruslent mon cœur d'vne flamme nouuelle,
Ie ne sçay pas de qui ie suis le plus espris,
　Mais ie me donne à celle
　Qui sera moins cruelle.

Phylis a le teint beau, Cloris a les yeux doux,
L'autre a l'humeur aussi douce que belle.
Ie ne sçay pas de qui ie ressens plus les coups,
　Mais ie me donne à celle
　Qui sera moins cruelle.

CHANSON

XVII.

Apres tant de douleurs que l'on m'a veu souffrir,
Et qui n'ont fait que vous mettre en cholere,
A la fin i'ay trouué le secret de vous plaire,
Phylis, ie vay mourir.

Si de vous auoir plû, si de le découurir
Mon cœur vous semble vn peu trop temeraire,
Vn moment vous & moy nous pourra satisfaire,
Phylis, ie vay mourir.

CHANSON

XVIII.

Ie reſſens vn plaiſir extréme
Que tout le monde enfin ſçache que ie vous aime,
Et que rien n'eſt comparable à ma foy.
Mais ce qui fait ma peine
Eſt que i'ay beau chercher ſi vous m'aimés, Cly-
mene,
Chacun l'ignore comme moy.

quelque ſoin que mon cœur fidele
Prenne pour découurir ſi vôſtre ame eſt cruelle,
Rien ſur ce point ne le peut contenter.
Mais pour guerir ma peine
Si vous me côfeſſiez que vous m'aimez, Clymene,
Ie n'en pourrois iamais douter.

CHANSON

XIX.

Quãd ie vis ces beaux yeux, dõt i'adore les coups,
Ie les trouuay si doux
Que mon cœur se rendit à leur premiere atteinte;
Helas, ie crus que i'en pourrois guerir,
Mais ie voy bien que leur douceur est feinte,
Et qu'ils ne sont mourans que pour faire mourir

Ces regards dont les traits ne sembloient innocés
que pour toucher mes sens,
Cachoient sous vn beau feu le mespris & la haine,
Helas ie crûs qu'ils me pourroient guerir,
Mais ie voy bien que mon attente est vaine,
Et qu'ils ne sont mourans que pour faire mourir.

CHANSON

X X.

Apres vous auoir dit par mes bruſlans ſouſpirs
Le funeſte martyre
Où m'ont reduit mes amoureux deſirs.
Si ie me plains encor, & ſi mon cœur ſouſpire,
C'eſt qu'il n'a pas tout dit ce qu'il auoit à dire.

Ie ſçay que mes regards ont meſme dit pour moy,
qu'on languit, qu'on expire
quand vne fois on eſt ſous voſtre loy.
Si ie murmure donc & ſi mon cœur ſouſpire,
C'eſt qu'il n'a pas tout dit ce qu'il auoit à dire.

CHANSON

XXI.

Superbes ennemis du repos de mon ame,
Dont la brillante flamme
Fait trembler tous les cœurs sous l'effort de vos
coups,
Ne vous offensez pas, beaux yeux, si ie souspire,
Ce n'est que du martyre
De n'oser souspirer pour vous.

Ie garde le respect, ie ne dis point que i'aime,
Ie souffre vn mal extréme,
Et tout prest de mourir ie crains vostre courroux,
Ne vous plaignez donc pas, beaux yeux, si ie sou-
pire,
Helas, c'est du martyre
De n'oser souspirer pour vous.

CHANSON

XXII.

Triste depart fascheux moment,
Qui causes les sonspirs & les pleurs d'vn amant,
Ha que tu m'es funeste!
Tu m'as osté l'objet de mon amour,
Il ne te reste plus à m'oster que le iour,
Acheue mal-heureux, ie te donne le reste.

En vain l'espoir veut m'ordonner
D'attendre le retour qui peut me redonner
La beauté que i'adore:
De m'en parler, c'est m'estre iniurieux,
Apres auoir perdu la clarté de ses yeux
Que diroient-ils de moy s'ils me voyoient encore?

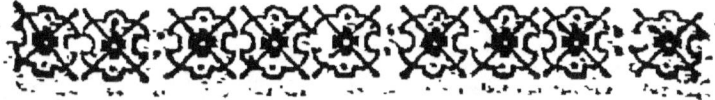

CHANSON

XXIII.

Penſer doux & cruel aux deſirs d'vñ amant,
   Tu pretens vainement
Entretenir mon cœur d'vñ bien qui le tranſporte:
Ne dis plus que Phylis conſent à me guerir,
   Helas il eſt temps de mourir,
   Mon eſperance eſt morte.

Au point où me reduit l'inhumaine qu'elle eſt,
   Tout ſecours me déplaiſt,
Tout afflige mon cœur, rien ne le reconforte,
Ceſſez bruſlans deſirs tant de fois declarez,
   Et vous ſouſpirs, plaintes, mourez,
   Mon eſperance eſt morte.

CHANSON

XXIV.

J'ay si bien publié vos attraits mes vainqueurs,
  J'ay si bien caché vos rigueurs
  Qu'enfin tout le monde vous aime.
Ah que ie crains, Philis, qu'en vous gagnant des
      cœurs,
  Ie ne me sois perdu moy-mesme.

Pour vous faire sçauoir les rigoureux tourmens
  qu'on souffre pour vos yeux charmans,
  Ie voy que la presse est extréme.
Ah que ie crains, Phylis, que parmy tant d'amans
  Ie ne me sois perdu moy-mesme.

CHANSON

XXV.

Ne croyez pas, Phylis, qu'vn cœur sous voftre
    Empire
Tout percé de vos coups puiſſe iamais guerir.
En l'eſtat où ie ſuis qui me peut ſecourir ?
    C'eſt Phylis, c'eſt tout dire,
      Il faut mourir.

Penfez-vous que vos yeux qui cauſent mon mar-
    tyre
Ne ſoient pas de ces yeux pour qui l'on doit ſouf-
    frir ?
Ie ſçay bien que phylis me pourroit ſecourir,
    Mais c'eſt vous, c'eſt tout dire,
      Il faut mourir.

CHANSON

XXVI.

Beaux yeux qui captiuez les cœurs
　　De mille adorateurs
Par tant d'attraits ineuitables,
Soyez brillans , soyez aimables,
Ie ne vous croiray plus, vous estes des flatteurs.

En vain on se void enchanté
　　De la douce clarté
Dont vous charmez des miserables :
Vous estes doux autant qu'aimables,
Mais vous ne dites pas vn mot de verité.

CHANSON A DANSER,

XXVII.

Voulez-vous sçauoir, Cloris,
De qui mon cœur est espris;
La chose n'est pas secrette,
Et vous la sçaurez bien-tost,
Cloris, cette chansonnette
Vous le va dire en vn mot.

Imaginez-vous vn cœur
Qui se rit de ma langueur,
Des yeux brillans qu'on admire
Autant qu'on en craint les coups,
Ie croy que c'est assez dire
Pour vous dire que c'est vous,

CHANSON A DANSER,

XXVIII.

Clymene se plaint de moy
Et moy ie me plains d'elle,
Voulez-vous sçauoir dequoy
Nous vient cette querelle,
C'est d'auoir manqué de foy,
Ce n'est que bagatelle.

Ie croyois que nostre amour
Deuoit estre immortelle,
Mais voyant le mauuais tour
Que m'a fait la cruelle,
Mon feu n'a duré qu'vn iour,
La chose est naturelle.

Ie ne sçay comme l'entend
Cette aimable rebelle,
Si son cœur est inconstant
S'il me fut infidele,
Le mien en a fait autant,
Ce n'est que bagatelle.

CHANSON A DANSER
pour Mademoiselle Hilaire.

XXIX.

Quand vous faites la plainte
De vos tourmens amoureux,
Et que vous parlez des feux
Dont vostre ame est atteinte,
Chere Phylis, helas,
Qui ne vous croiroit pas ?

Ces soupirs & ces larmes
Dont vous flattez vos amans,
Abusent si bien leurs sens
Qu'ils vous rendent les armes,
Hé qui pourroit, helas,
Ne vous les rendre pas ?

Que ce feu qui les touche
Auroit enfin de douceur,
S'il estoit dans vostre cœur
Comme dans vostre bouche:
Hé qui pourroit, helas,
Ne vous adorer pas?

Beauté pour qui i'endure
Tant de veritables maux,
Que vos feux soient vrays ou faux,
Souffrez, ie vous conjure,
Que mon cœur soit flatté
D'vn peu de vanité.

CHANSON A DANSER,

XXX

Phylis, nous paſſons nos iours
En d'inutils diſcours,
pourquoy tant vous inſtruire
De mes tourmens amoureux.
Vous ſçauez ce que ie veux,
Vous le faut-il tant dire ?

Satisfaiſons nos deſirs
Et banniſſons les ſouſpirs,
Si noſtre ame n'aſpire
Qu'à nous rendre bien-heureux,
Accordez-vous à mes vœux,
Vous le faut-il tant dire ?

Chere Phylis, n'vſez plus
De vos importuns refus,
Car enfin mon martyre
Nous eſt commun à tous deux,
Vous voulez ce que ie veux,
Vous le faut-il tant dire ?

CHANSON A DANSER,

XXXI.

Pensez-vous, belle Cloris,
Trouuer des cœurs à ce prix?
Est-ce ainsi que l'on conserue
L'amitié de ses amans ?
Voulez-vous que l'on vous serue ,
Cloris, payez mieux les gens.

Quoy mon cœur ne vaut-il pas
Qu'on en fasse vn peu de cas ?
Il s'estime autant qu'vn autre,
Car il est ferme & constant,
Hé que sçay-ie si le vostre,
Cloris, en peut dire autant ?

Dois-ie tousiours souspirer
Et ne iamais esperer ?
Cloris, vous estes si bonne,
Ne me traitez pas ainsi,
Voulez-vous que ie me donne ,
Cloris, donnez-vous aussi.

CHANSON

XXXII.

Me fuyez-vous, Clymene,
Pour euiter le recit de la peine
Que me fait ressentir vostre iniuste courroux?
Allez, cruelle, allez, satisfaites vostre ame,
Mais vous fuyez en vain , mes souspirs tout de
flamme
Iront aussi viste que vous.

Courez toute la terre,
Que vos beaux yeux pour me faire la guerre
Me cachent pour iamais leurs charmes en tous
lieux,
Au point où ie me voy telle est ma destinée
Que mon ame captiue en triomphe menée
Doit suiure par tout vos beaux yeux.

✿✿✿✿✿✿✿✿✿✿✿✿✿✿

CHANSON

XXXIII.

Sur la fiévre de Mademoiselle de Pryé.

❧❧❧

Adorable de prye,
Soulagez mes langueurs;
Amour vous a punie
De toutes vos rigueurs.

❧❧❧

Cette bruslante flamme
Qui tourmente vos sens,
Est pour vanger mon ame
De celle que ie sens.

✿✿✿✿

Mais quoy cette vangeance
Est contre mes desirs,
Puisque vostre souffrance
Me couste des plaisirs.

Guerissez-vous de rye
Et contentez mes vœux,
Quand vous serez guerie
Nous le serons tous deux.

CHANSON

XXXIV.

Vous qui charmez les yeux par tant de belles
    choses
      Que les lis & les roses
Perdent auprés de vous leurs plus viues couleurs,
      Ayez pitié de mes douleurs,
      Adorable Syluie,
      Cette saison vous y conuie
      Aussi bien que mes pleurs.

C'est en ce doux printemps que l'amour & ses flâ-
    mes
      Se coulans dans nos ames
Ne font de l'Vniuers qu'vn Empire amoureux,
      Laissez-vous donc vaincre à mes vœux,
      Adorable Syluie,
      Cette saison vous y conuie
      Aussi bien que mes feux.

CHANSON

XXXV.

Source de feux inéuitables,
Beaux yeux, qui nous bleſſez par tant de traits
charmans,
Hé quoy n'eſtes-vous adorables
Que pour faire de vos amans
Autant de miſerables ?

Si nos tourmens trop veritables
Naiſſent de vos regards amoureux & flatteurs,
Au moins ſoyez-nous ſecourables,
Et ne faites pas de nos cœurs
Autant de miſerables.

CHANSON

CHANSON

XXXVI.

Ie suis bruslé d'vne flamme nouuelle,
I'auois vn cœur, mais il n'est plus à moy,
Vovs le tenez sous vostre loy ;
Mais n'est-ce pas estre vn peu trop cruelle
De prendre vn cœur sans luy dire pourquoy?

Expliquez-vous, daignez au moins luy dire
Si son destin sera cruel ou doux,
Si vous le verrez en courroux,
S'il doit mourir d'vn excez de martyre
Ou s'il doit viure heureux auprés de vous.

Si vous l'auez desia reduit en cendre,
Ne veüillez pas condamner son tourment.
Il n'aime pas facilement,
Mais contre vous, phylis, il se faut rendre,
Peut-on vous voir sans estre vostre amant?

H

Confiderez quel pouuoir eft le voftre,
D'vn feul regard vous pouuez tout charmer:
　Vous ne fçauriez donc me blafmer,
Puifque mon cœur eft vn cœur comme vn autre,
Ie ne puis pas luy deffendre d'aimer.

COVPLETS SEPAREZ
sur le mesme air.

XXXVII.

Quand ie vous voy, phylis inexorable,
Soufmise aux loix d'vn importun ialoux,
    Sans cesse ie dis en courroux
Que la vangeance est vne chose aimable,
Consentez-y, Phylis, ie m'offre à vous.

AVTRE.

Quand vostre cœur, Amynte, estoit fidelle
Chacun vouloit mourir pour vos beautez,
    Et l'on souffroit vos cruautez;
Mais maintenant que vous n'estes plus belle,
Chacun se rit de vos facilitez.

AVTRE.

Vous auez fait defia mille conqueftes,
Vous enchaifnez les cœurs de mille nœuds,
Par tout on brufle de vos feux;
Connoiffez donc, Phylis, ce que vous eftes,
Et pardonnez fi ie vous fais des vœux.

COVPLETS DEVOTS
sur le mesme air.

XXXVIII.

Changeons, mon cœur, nos plaisirs en priere,
Guerissons-nous du feu de nos desirs,
    Et ne pouſſons plus de souspirs
Pour ces objets qui ne ſont que pouſſiere,
C'eſt dans le Ciel que ſont les vrais plaiſirs.

Paſſons du temps l'eſpace qui nous reſte
Loin du peché ſans perdre aucun moment,
    Leüons les yeux au firmament,
Et preuenons ce coup triſte & funeſte
Qui nous doit mettre au fond d'vn monument.

Penſons au bien où noſtre ame ſe fonde,
Prions le Ciel qu'il nous veüille toucher.
    Quand nous ſentons l'heure approcher,
Il faut ſonger qu'au ſortir de ce monde
Il en eſt vn qui doit eſtre plus cher.

Seigneur, qui fais ma iuſte repentance
Et le remords dont ie ſuis agité,
         N'vſe point de ſeuerité;
Et ſi l'vn eſt l'effet de ta puiſſance,
L'autre ſera l'effet de ta bonté.

CHANSON

XXXIX.

Delices de mon cœur, aimable souuenir
    Qui viens m'entretenir
    De la belle Clymene,
Parle-moy de ses yeux, parle-moy de ses traits,
    Mais des rigueurs de l'inhumaine
    Ne m'en parle iamais.

Rappelle ces pensers qui peuuent rendre heureux
    L'esprit d'vn amoureux
    Dans ce lieu solitaire.
Parle-moy des beaux yeux dont i'adore les traits,
    Mais de ce qui me peut déplaire
    Ne m'en parle iamais.

CHANSON A BOIRE,

X L.

Sus, sus amis, resueillons-nous,
Faut-il que ie vous le commande ?
Pour deux ou trois mal-heureux coups,
Sera-t'il dit que l'on se rende ?
Denant ces Dames que voicy
C'est estre foux de boire ainsi.

Quiconque triche & ne boit pas
De ce bon vin à tasse pleine,
Les Dames n'en font point de cas,
Il leur faut la demy-douzaine:
Si vous n'allez donc aux six coups,
Ha pauures gens, c'est fait de vous.

Deuant ces illuftres tefmoins
Voulez-vous paffer pour infames ?
C'eft fur le plus ou fur le moins
Que l'on eft eftimé des Dames:
Si vous n'allez donc aux fix coups,
Ha pauures gens, c'eft fait de vous.

Si vous voulez les contenter
A tous momens vous deuez boire,
Ne penfez pas les mefconter,
On ne leur en fait point accroire:
Si vous n'allez donc aux fix coups,
Ha pauures gens, c'eft fait de vous.

H v

CHANSON

XLI.

Si ie ne meurs, trop ingrate Syluie,
Ne sçauriez-vous connoistre ma langüeur ?
Quoy faudra-t'il que ie perde la vie
pour me bien mettre auprés de vostre cœur ?

Pour esprouuer le feu qui me tourmente
Si mon trespas vous donne du plaisir,
L'espreuue en est vn peu trop violente,
Il ne tiendra qu'à vous de l'adoucir.

CHANSON

XLII.

Phylis, ie vous rends les armes,
Vous me redonnez du cœur
Par voſtre iniuſte rigueur.
Vous m'auez couſté des larmes,
Vous meſpriſez qui ſe rend,
Voyons ſi vous aurez des charmes
Contre vn cœur qui ſe deffend.

Mais s'il faut, belle inuincible,
Que pour la ſeconde fois
Vous me rangiez ſous vos loix,
Ne ſoyez point inflexible,
Sauuez mon cœur du treſpas,
Et ſi ie ſuis incorrigible,
Phylis, ne la ſoyez pas.

CHANSON
à boire,

XLIII.

Quand ie voy les yeux de mon Ange
Et la douceur de ses diuins appas,
Le meilleur ius de sa vendange
N'a rien de bon, & ne me touche pas:
Demandez-vous d'où vient cette merueille ?
C'est que Phylis vaut bien vne bouteille.

De ces beautez la plus charmante
A du mespris, & ie luy rends des soins,
L'autre qui n'est point mesprisante
M'accode tout & mon cœur l'aime moins:
Demandez-vous d'où vient ce choix estrange?
C'est que le pot vaut vn peu moins qu'vn Ange.

CHANSON

XLIV.

Mes soufpirs vous font murmurer
Et voftre cœur ne les peut endurer
S'ils ne font pour vne autre.
Qu'ils foient pour vous ou non, laiffez-moy fouf-
pirer,
Phylis, il n'y va point du voftre.

Quand mon cœur eft prés du trefpas
Quoy voulez-vous qu'il foufpire tout bas,
Quel mefpris eft le voftre ?
En ce funefte eftat, s'il ne foufpiroit pas,
Phylis, il iroit trop du noftre.

***

CHANSON

XLV.

Fuirez-vous donc tousiours, adorable Cly,
Pour éuiter la peine
De voir nos iniustes tourmens.
Arrestez-vous enfin, ô beauté sans seconde,
Si vous fuyez tous vos amans
Vous fuyrez tout le monde.

Où pourrez-vous cacher vos attraits & vos char-
mes
Que nos cœurs & nos larmes
Ne les trouuent à tous momens?
Arrestez-vous enfin, ô beauté sans seconde,
Si vous fuyez tous vos amans
Vous fuïrez tout le monde.

CHANSON

XLVI.

Vous demandez ſur voſtre ſarabande
Quelques paroles qu'on chante aiſément,
Moy i'en demande
A tout moment
Vne qui puiſſe adoucir mon tourment.

I'ay fait pour vous cent chanſons de commande
Sans obtenir vn mot à mon ſecours,
Ie vous demande
En fait d'amours
Qui valent mieux des muets ou des ſourds.

CHANSON

XLVII.

J'ay veu les beaux yeux de Syluie,
Et quand leurs doux regards me cousteroiét la vie
Ie ne m'en plaindrois pas.
La gloire est sans seconde
De voir l'arrest de son trespas
Dedans les plus beaux yeux du monde.

Ie veux que leurs traits adorables
Soient aux autres amans cruels & redoutables,
Ils seront doux pour moy.
La gloire est sans seconde
D'apprendre à conseruer sa foy
Dedans les plus beaux yeux du monde.

CHANSON

XLVIII.

Que voſtre humeur ſe plaiſe au changemenr,
    Que le premier amant
Vous puiſſe conquerir, & vous rendre aſſernie,
Que tout voſtre plaiſir ſoit de manquer de foy,
    Ie n'en murmure point, Syluie,
Vous ne ſerez iamais plus volage que moy.

Quand vos beaux yeux n'en vouloient qu'à mon
    cœur,
    Il aimoit ſa langueur,
Et ſe croyoit heureux de vous eſtre fidelle.
Mais que voſtre plaiſir vous porte à me quitter,
    Vous eſtes iuſte autant que belle,
Ie ne puis faire mieux que de vous imiter.

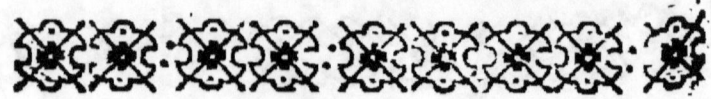

C H A N S O N

X L I X.

Vous mesprisez mes feux, ie meurs pour vos apas,
Ie me plains, vous n'escoutez pas,
Et nos cœurs en ce point se nuisent l'vn à l'autre,
Pour finir ce tourment que fait vostre rigueur,
Phylis, que n'auez-vous mon cœur
Ou que n'ay-ie le vostre ?

Malgré tous vos mespris ie vous adoreray,
Vous fuïrez, ie vous chercheray,
Et nos peines auront tousiours la mesme cause.
S'il ne tiē qu'à ceder pour vaincre ce malheur,
Phylis, ie vous donne mon cœur,
Faites la mesme chose.

CHANSON

L.

Laſſé des rigueurs de Clymene,
Mon cœur auoit iuré que l'amourcuſe peine
Ne feroit iamais ſon tourment:
Mais depuis que i'ay veu les beaux yeux de Syluie,
Il a fait vn autre ſerment
De n'en plus faire de ſa vie.

Deuant cet objet adorable
On romproit le ſerment le plus inuiolable
Sans luy reſiſter vn moment:
Mais tout ce que ie crains de ſa rigueur extréme,
Eſt qu'elle ait fait quelque ſerment
Qu'elle ne rompe pas de meſme.

CHANSON

LI.

Vous qui m'ordonnez d'apaiſer le martyre
  Qui fait ma langueur,
Hé quoy penſez-vous qu'il ne tienne qu'à dire
  Pour guerir vn cœur ?
Vous en parlez bien à voſtre aiſe
Beaux yeux ſi charmans & ſi doux,
Ce n'eſt pas ainſi qu'on appaiſe
Vn feu que l'on reſſent pour vous.

Si vous n'aimez pas le mal qui me poſſede ,
  Faites-le mourir,
Pour moy ie veux bien receuoir le remede
  Qui n'en peut guerir.
Mais quoy vous craignez que i'en ſorte,
Beaux yeux, ie le connois trop bien,
Car quand on le dit de la ſorte,
C'eſt dire qu'on n'en faſſe rien.

CHANSON

LII.

A Mademoiselle d'Orleans.

Au bruit de vos appas les mortels & les Dieux
    Bruslent de voir de vos b a x yeux
        La clarté sans seconde:
Ne leur desrobez plus tant de charmes si doux,
        Vn astre comme vous
        Doit luire à tout le monde.

Le Dieu seul qui vous void , & qui fait les beaux
    iours,
        Pour vous precipite son cours
        Et se cache sous l'onde:
Son cœur est si ialoux qu'on ne sçait auiourd'huy
        qui de vous ou de luy
        Doit luire à tout le monde.

CHANSON A DANSER,

LIII.

Que ie regarde la beauté
Qui me tient en captiuité,
       Ou que ie l'entretienne,
Il n'eſt point de felicité
       Comparable à la mienne.

Malgré le ſort dont la fierté
Trop ſouuent a perſecuté
   Et mon ame & la ſienne,
Il n'eſt point de felicité
   Comparable à la mienne.

CHANSON
à danser,

LIV.

Tyrsis ce Berger fidele
Assis prés de sa Cloris,
Luy dit, bergere cruelle,
Quand finiront vos mespris ?
Que vos rigueurs, inhumaine,
Enfin me priuent du iour,
Vos rigueurs & vostre haine
N'esteindront point mon amour.

Ces bois, ces prez, ces fontaines,
Sont les tesmoins de ma foy,
Si vous doutez de mes peines
Ils vous les diront pour moy.
Cette Nymphe qui souspire
Dans ces rochers d'alentour,
Se plaint moins de son martyre
Qu'elle ne plaint mon amour.

Il n'est rien de si farouche
Dans ces aimables deserrs
Que l'amour enfin ne touche,
Et n'enchaisne de ses fers:
Vous seule, iniuste bergere,
Par tout vous fuyez ses coups,
Mais vous serez bien legere
S'il ne l'est autant que vous.

CHANSON

CHANSON

LV.

A Mademoiselle d'Orleans.

Bourrée.

Que vous auez de charmes,
Que vous donnez d'allarmes
Aux cœurs les moins soûmis
Sous l'empire des lis,
On void moins de lis dans vos armes
Que l'amour n'en a peint
Sur vostre aimable teint.

I

Ces fleurs qu'on void esclorre
Au leuer de l'aurore,
Brillent bien moins que vous.
Vos regards font si doux
Que la belle & charmante Flore
Ne le difpute pas
A vos diuins appas.

CHANSON

LVI.

Pendant le cours d'vne abſence cruelle
M'eſtes-vous fidele,
M'aimez-vous touſiours ?
Toute fleurette
publique ou ſecrette
N'a que trop d'apas,
Et ſi vous m'en croyez ne vous y fiez pas.

Ne dites point que mon ame eſt craintiue,
Vne tentatiue
Deſplaiſt ſur ce point.
Dans vne auance
Si voſtre conſtance
Se deſeſperoit,
Voyez vn peu, Phylis, où la mienne en ſeroit.

CHANSON

LVII

N'ay-ie pas fait tout ce que l'on peut faire
    I'ay souspiré
    I'ay languy pour vous plaire
    I'ay mesme pleuré:
Apres cela que faut-il que ie fasse ?
Ne puis-ie pas demander quelque grace
    pour finir mes soins ?
Et vostre cœur s'il estoit en ma place
    Eu feroit-il moins ?

Malgré l'humeur dont vous estes cruelle
    Si mon amour
    Et constante & fidele
    Vous touchoit vn iour:
Ie pourrois bien, ingrate Celimene,
Vanger mon cœur, & payer vostre haine
    D'vn ressentiment;
Mais toutefois n'en soyez point en peine,
    I'oublie aisément.

CHANSON

LVIII.

Ieunes Zephyrs, dont l'amoureuse halcine
Caresse Flore en ces lieux escartez,
Ie vous apprends que toutes ses beautez
N'auroient sur vous qu'vne puissance vaine,
Si comme moy, vous aymiez Celimene.

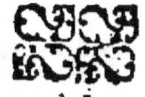

Que les amours suiuent la belle Flore,
Que le printemps la couronne de fleurs,
Que ses attraits luy donnent mille cœurs,
Ieunes Zephyrs, ie vous le dis encore,
Rien n'est esgal à celle que i'adore.

CHANSON

LIX.

Pressé de son tourment
Vn Berger trop fidele
Soûspiroit incessamment
Pour les yeux d'vne cruelle,
Son cœur se plaignoit d'elle,
Mais c'estoit vainement.

Ie meurs pour tes appas,
Luy disoit-il, bergere,
Mais si malgré mon trespas
Tu m'es encore si chere,
Ingrate, pour te plaire
Que ne ferois-ie pas ?

CHANSON

LX.

Response à Monsieur de Verderonne,
sur ses couplets de la Duchesse,
Fuyez voftre captiuité.

Pour vn des plus adroits galans
Voftre confeil n'eft pas trop falutaire,
Qui voudroit vous croire
Prendroit mal fon temps.
Pour le meftier ou l'amour nous engage
On doit toufiours conclure au mariage.
Ie penfe m'y connoiftre,
Il faut vn mary;
Ie ne voudrois pas l'eftre,
Mais ie le chery.
Si fon humeur eft belle
Iel'eftime à caufe d'elle,
Et s'il eft rigoureux
C'eft comme ie le veux.

L'efpoux eft-il perfecutant,
La Dame en eft fans doute moins cruelle,
Et l'amant fidele
En eft plus content:
Quand il connoift le trouble du mefnage
On le void mieux ioüer fon perfonnage;
La mine en eft galante,
L'efpoux eft mal fait,
La Dame peu fouffrante
A l'efprit coquet:
De toute cette affaire
Qu'arriue-t'il d'ordinaire?
Chagrins des deux coftez,
Et ce que vous fçauez.

Autre Responſe au meſme,

Sur ce que par ſes Chanſons il perſecu-
toit touſiours le cociiage ; & pour cela
ſon A .R .l'appelloit touſiours le cocu.

CHANSON

LXI.

Ce n'eſt qu'vne feinte douceur,
Lors que par tout vous dites qu'vne prude
  Sans inquietude,
  Peut donner ſon cœur:
Le vray moyen de plaire aux Demoiſelles
Eſt de flatter leurs pentes naturelles:
   Mais vous auez beau faire
   Vous perdez vos pas,
   Les gens d'humeur ſeuere
   Ne leur plaiſent pas,
   Qui fuit le mariage
   Et meſdit du cociiage,
   Doit paſſer en tous lieux
   Pour vn ſeditieux.

I v

Perdez ces soupçons affligeans,
Contraignez-vous, donnez quelque relasche
Aux gens à pennache,
Ce sont bonnes gens.
Que vous ont fait ces Messieurs à la mode
Pour leur vouloir par tout estre incommode
Payez-vous de la sorte
Le bien qu'ils vous font ?
Et qu'enfin vous importe
Qu'ils soient ce qu'ils sont ?
Pourueu que chacun fasse
Son mestier de bonne grace,
Chacun est & sera.
Tout ce qu'il luy plaira.

CHANSON

LXII.

Belle Phylis, vos yeux vainqueurs
Ont l'art de plaire aux moins fensibles cœurs:
Mais pour se conseruer ma foy
Il faut que rien ne leur plaife que moy.

Ie n'aime point à partager
Le feu secret qui me coufte fi cher:
Quand il deuroit m'ofter le iour
Ie veux tout seul pour vous mourir d'amour.

CHANSON

LXIII.

Voicy l'agreable seiour
Où la belle Clymene vn iour
Chantoit vne chanson nouuelle,
Ha quel plaisir au murmure de l'eau
D'estre auprés d'vn objet si beau,
Et d'entendre vne voix si belle !

Au bruit de ses diuins accens,
On voyoit mille amours naissans,
Voler doucement auprés d'elle:
Tout estoit calme, & l'Echo de ce bois
En ce moment perdit sa voix
pour entendre vne voix si belle.

CHANSON

LXIV.

Lors que mon cœur vous deſcouure ſa peine,
Par mille cruautez le voſtre, Celimene,
  Veut faire mourir mon amour:
    Mais vous n'y ſongez pas peut-eſtre,
    C'eſt vn crime d'oſter le iour
      A ce qu'on a fait naiſtre.

D'vn ſeul regard allumer vne flamme,
Par des attraits flateurs la nourrir dãs vne ame,
  C'eſt de vos yeux le doux effet:
    Mais par vn ſentiment perfide
    Deſtruire vn amour qu'on a fait,
      C'eſt faire vn homicide.

Encore ſi voſtre rigueur extréme
Détruiſoit mõ amour ſãs m'ataquer moy-même,
  Mon ſort ſeroit moins mal-heureux:
    Mais pour vn ſeul qui vous irrite
    Vouloir en faire mourir deux,
      C'eſt aller vn peu viſte.

CHANSON

LXV.

*Pour Mademoiselle, à Mesdasmes
de Fiesque & de Monglats, & Mademoiselle d'Outre-laize , nommée la
Diuine , qui auoient quitté les passe-
temps de Blois pour aller à Chiuerny.*

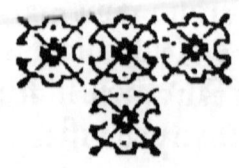

Tandis qu'on est icy bien à son aise,
Dans le palais de la felicité,
Vous desertés Monglats, Fiesque, Outre-laize
pour vous ietter dedans l'obscurité:
Si c'est pour babiller, ô beautez campagnardes,
Soyez-vous pour iamais des babillardes.

Quoy n'eſt-ce pas auoir l'humeur ſauuage
Et bien manquer de la bonne amitié,
De nous quitter pour vn triſte hermitage
Où toutes trois vous nous faites pitié ?
Si c'eſt pour babiller, ô beautez campagnardes,
Soyez-vous pour iamais des babillardes.

Vous auez beau poſſeder la Diuine,
Vous regrettez deſia nos paſſe-temps,
Mais ſi voſtre ame en eſt toute chagrine,
Voſtre retraite afflige peu de gens:
Ne reuenez iamais, demeurez où vous eſtes,
Nous n'aymons point icy les trouble-feſtes.

CHANSON

LXVI.

Au partir de ces lieux
Ie vous donne des pleurs, ie fais dire à mes yeux
Tout ce qu'inspire vne douleur funeste :
Helas, si ce n'est pas assez
De tous les pleurs que i'ay versez,
Ie vous laisse mon cœur, il vous dira le reste.

Par tant de maux soufferts
Iugez du mal present, voyez ce que ie perds
Abandonnant vostre beauté celeste :
Et si ie ne dis pas assez
Par mes maux presens & passez,
Ie vous laisse mon cœur, il vous dira le reste.

Couplet seul, sur ce que son A. R. auoit dit, que Mademoiselle de Prye auoit les dents d'vn ieune chien.

Vous auez beau n'escouter point les gens,
Et les traiter comme vous faites,
On les verra malgré vous & vos dents
Vous debiter maintes fleurettes:
Belle de Prye, vn amant est-il fou
Quand il vous void & qu'il vous ayme?
Si vostre humeur est d'vn ieune toutou
Vostre quenote en est de mesme.

CHANSON A DANSER,

LXVII.

Donner mes chanſons, Clymene,
Vous apprendre à les chanter
Sans vous les faire acheter,
C'eſt mal employer ma peine:
Vous n'aurez plus de chanſon
Sans en payer la façon.

Ie n'ay plus la patience
De donner ainſi mes ſoins,
Deſormais ie veux qu'au moins
On me paye vn mois d'auance:
Vous n'aurez plus de chanſon
Sans en payer la façon.

Ie veux bien que mon ſalaire
Soit ailleurs perdu pour moy,
Mais quand les gens ont dequoy
Ie ſuis vn peu mercenaire:
Vous n'aurez plus de chanſon
Sans en payer la façon.

Couplets sur vn air de Guedron.

CHANSON

LXVIII.

Soyez d'vne vertu seuere,
Fuyez les charmes de la cour,
Quoy que vostre ame puisse faire,
Vous ne sçauriez faire qu'vn iour
Vostre cœur ne se trouue espris
Des feux de l'enfant de Cypris.

Viuez dans vn lieu solitaire,
Tost ou tard on meurt sous ses loix,
Il n'a pas espargné sa mere
Qui comme vous aymoit les bois,
Gardez-vous seulement Iris
D'y faire ce qu'a fait Cypris.

RECIT D'VN BALLET,
pour des Bohemiennes.

LXIX

Bien que par vne coniecture
  Redoutable aux amans difcrets
  Il foit en nous de dire les fecrets
  De l'intrigue la plus obfcure,
Galans de cette cour, calmez voftre courroux,
  Nous difons la bonnauenture,
Mais nous n'auons rien à dire de vous.

✿✿✿✿✿✿✿✿✿✿✿✿✿✿✿

Couplet separé, sur l'air de Ieunes
Zephyrs.

Que ne fait point vn cœur lors qu'il vous ayme
  Pour visiter l'objet de ses amours ?
  Sans cesse il va, tous chemins luy sont courts,
  Il vole auec vne vistesse extrême,
  Mais au retour, il n'en est pas de mesme.

CHANSON A DANSER,

LXX.

Tantost ie suis sous l'empire
Des yeux de la belle Iris,
Tantost pour ceux de Cloris
Ie languis & ie souspire,
Et mon cœur trop amoureux
Ayme assez pour estre à deux.

Ceux qui d'vne amour commune
Se laissent brusler le sein,
Doiuent former le dessein
De n'en aymer iamais qu'vne,
Mais mon cœur trop amoureux
Ayme assez pour estre à deux.

Que ceux qui font les fideles
Se piquent d'vn feu plus beau,
Mon amour porte vn flambeau
Qui peut esclairer deux belles,
Et ces deux belles ie croy,
Sont fideles comme moy.

CHANSON

LXXI.

Que le nouueau berger
que vous tenez si cher
Ne se vante de rien pour auoir des bergeres,
Quand elles sont legeres
Le bien en est leger.

Qu'il ayt vostre entretien
Et mesme vn plus grand bien,
Ie n'en murmure point, ie fuy toutes querelles:
Vous estes infideles,
Et moy ie suis Chrestien.

Sans l'auoir merité
On l'auoit rebuté,
Et maintenant sans cause on luy donne ma place,
I'ayme mieux ma disgrace
Que sa felicité.

CHANSON

LXXII.

Quoy voulez-vous, belle Syluie
Estre insensible à l'amitié?
Si ie ne puis vous faire enuie
Qu'au moins ie vous fasse pitié.

Vouloir enfin m'oster la vie,
C'est vn peu trop de la moitié;
Si ie ne puis vous faire enuie
qu'au moins ie vous fasse pitié.

SARABANDE

SARABANDE,

LXXIII.

Pour Mademoiselle d'Orleans.

Si defia vos regards tout pleins de charmes
Forcent les cœurs a vous rendre les armes:
Que ferez-vous, beauté fans feconde,
Quand le fort vous fera Reyne du monde?

Si vos diuins appas dés leur naiffance
Ont triomphé par leur ieune innocence,
Que ferez-vous, beauté fans feconde,
Quand le fort vous fera Reyne du monde?

K

Couplets sur le mesme air,

LXXIV.

Vous sçauez bien , Phylis, que ie souspire,
Et vostre cœur me l'entend assez dire:
　　Mais ce n'est rien,
　　　O beauté que i'ayme,
　　Si ce cœur & le mien
　　Ne sont de mesme.

Vous m'escoutez souuent, ieune merueille,
Mais sans le cœur que faire de l'aureille ?
　　Car ce n'est rien,
　　　O beauté que i'ayme,
　　Si le vostre & le mien
　　Ne sont de mesme.

CHANSON

LXXV.

Me croyez-vous d'vn cœur impenetrable
Pour resister aux rigueurs de vos coups?
Ie ne sçay pas malgré vostre courroux
Qui de nous deux peut estre le coupable,
Moy d'estre amant, vous, Phylis, d'estre aymable.

Quand ie me plains vous m'ordonnez de feindre,
Si ie ne veux passer pour indiscret:
Mais vous plaist-il de me dire en secret
Qui de nous deux a raison de se plaindre
Moy de souffrir ou vous de m'y contraindre?

COVPLETS SEPAREZ
fur vn mefme air.

LXXVI.

Mon cœur vous peut dire fans honte
Que du voftre il fait tout fon bien,
Mais quand vn cœur n'a pas fon compte
Il compte le refte pour rien.

AVTRE.

Phylis, pardonnez-moy, fi i'ofe
De vous vn peu trop m'enquerir,
Ce que ie veux eft peu de chofe,
Ie demande s'il faut mourir.

*Responſe à Monſieur Sarrazin ſur ſes
couplets, Nommer vn Ange
voſtre Phylis.*

LXXVII.

Toutes ces belles
Que vous ſeruez
Sont immortelles,
Vous le ſçauez,
Vous donnez des loüanges
  A leurs doux appas,
Mais apres tout, ces Anges
  Ne vous aymenr pàs.

Le peu d'eſtime
Qu'on a pour vous
Souuent anime
Voſtre courroux:
Auſſi-toſt vos loüanges
  Vont en d'autres lieux,
Qui ſe connoiſt en Anges
  Choiſit vn peu mieux.

CHOS

Rien n'est de mesme,
En nos phylis,
La mienne m'ayme
Ie vous le dis.
Souffrez donc mes loüanges,
Et viuons en paix,
On sçair qu'il est des Anges
Et bons & mauuais.

Couplet sur cet air, pour Madame la Duchesse de Chastillon , qui estoit venuë à saint Fargeau.

Belle Duchesse,
C'estoit assez,
Chez la princesse
De trois beautez
Vous nous en donnez quatre
Par vostre secours,
Le moyen de combattre
Contre tant d'amours ?

K iij

BOVRREE,

LXXVIII.

De Mademoiſelle à Madame
de Choiſy , ſur ce que cette
Dame auoit dit qu'elle pourroit
bien eſtre parente de la Princeſſe,
à cauſe que ſa Grand-mere auoit
eſté Chancelicre de Henry le
Grand , & qu'elle auoit eſté fort
belle.

Que mon Grand-pere
Ayt conuoité
Voſtre grand-mere
pour ſa beauté;
Cela ſe peut bien croire,
Et ie le veux bien,
Encore que l'hiſtoire
Ne m'en diſe rien.

Ie suis contente
De voir en vous
Vne parente
Digne de nous:
Les gens du costé gauche
Ont beaucoup d'esprit,
Que sans aucun reproche
Cela vous soit dit.

K v

Couplets du Carnanal,

Courante.

LXXIX.

Phylis, vous auez tort quand vous dites que i'ay,
Pour vn amant qui souffre du martyre,
Depuis vn temps le cœur trop gay:
Pour vos yeux, ie languis, ie souspire,
Ie perds la raison,
Et dans cette saison
Si vous me voyez rire
Ce n'est pas tout de bon.

Tandis qu'à se masquer tout le monde se plaist,
Et que chacun fait sa plus grande affaire
De se monstrer autre qu'il n'est,
Dans les pleurs que vostre ame seuere
M'oblige à verser
Pour me bien desguiser
Ie ne sçaurois mieux faire
Que de rire & danser.

Couplets du Quaresme,

& retournez,

Faits sur ce que Mademoiselle d'Orleans me dit, que ie n'en pourrois faire sur ce suiet.

LXXX.

Phylis, on n'a point tort de dire que mon cœur
 pour estre vn cœur qui desire qu'on l'ayme
N'est pas assez de belle humeur,
Ie veux bien vous confesser moy-mesme
 Que l'on a raison,
 mais en cette saison
 qui ieusne le Caresme
 Ne rit pas tout de bon.

Ne sçait-on pas, Phylis, que les ieunes amours
Qui sont enfans d'vn appetit extréme
Pleurent, s'ils ne mangent tousiours,
 Mon amour se confesse luy-mesme
 Des plus grands mangeurs,
 Cependant vos rigueurs
 Luy font faire vn Caresme
 Qui luy couste des pleurs.

X vj

CHANSON

LXXXI.

Quand ie vous dis que mon mal est extréme,
Vostre cœur s'en offense iniuste comme il est,
Hé bien ne m'aimez pas, si l'amour vous déplaist,
Mais permettez au moins que ie vous ayme.

Belle phylis, vous sçauez bien vous mesme,
Qu'en ce môde tout châge, & que vous châgerez,
Peut-estre que sçait-on alors vous m'aymerez,
Et cependant souffrez que ie vous ayme.

CHANSON

LXXXII.

A Mesdames de Chastillon & de
Valençay, & Mademoiselle de Sa-
neuse absentes de Paris.

Si vos cœurs font mescontens,
C'est bien mal prendre leur temps
Que d'aller pour nous déplaire,
  Laire-la
   Laire lanlaire,
  Laire-la
  A Lerida.

Tandis qu'on rit par deçà
Bons Dieux, que faites-vous là ?
N'y portez-vous point la haire ?
   Laire lanlaire.

De tant de vents mutinez
Comment garder vostre nez ?
Et mesme vostre derriere ?
Laire lanlaire.

CHANSON

LXXXIII.

Aux Mesmes,

Pour Madame la Duchesse de Chastillon.

Depuis l'absence de vos yeux
Nos plus ieunes amours sont vieux,
La Cour deuient Barbonne,
Et l'on n'y connoist plus personne.

Pour Madame de Valençay.

Au Royaume de Valençay
Si les beaux yeux qui m'ont blessé
S'y faisoient trop attendre,
Mon cœur pourroit bien s'aller pendre.

Pour Mademoiselle de Saueuse.

Que faites-vous donc à l'escart?
Quittez du galand campagnart
La noblesse crasseuse,
Et reuenez belle Saueuse.

CHANSON

LXXXIV.

Pour auoit tant souffert & iamais murmuré
Vous croyez que mon cœur a tout ce qu'il desire
Mais dites-moy, Phylis, n'ay-ie pas souspiré ?
Et quand vn cœur souspire
Ne sçait-on pas ce qu'il veut dire ?

Mes tourmens deuant vous se sont trop declarez,
Mes secretes lágueurs ne vous sont point secretes;
Ne me dites donc plus que vous les ignorez,
Cruelle que vous estes,
Ignorez-vous ce que vous faites?

CHANSON

LXXXV.

I'ay voulu mille fois d'vn cœur seditieux,
Quitter la belle Iris pour vne amour nouuelle:
Mais lors que sa rigueur me chasse d'aupres d'elle,
  Vn regard de ses yeux
  Aussi-tost me rappelle.

Ie pourrois souspirer pour la ieune Cloris,
Elle a ie ne sçay quoy qui flatte & qui m'engage;
Mais quelque doux espoir qu'inspire vn beau vi-
 sage,
  La presence d'Iris
  En efface l'image.

COVPLETS.

LXXXVI.

Sur l'air, Autant en emporte
le vent.

Quand vous estiez dans vn lieu solitaire,
Aymable Iris, mon cœur ne craignoit rien,
Mais maintenant à dessein de vous plaire
Que toute la Cour vous fait offre du sien,
    Helas, que ie crains pour le mien ?

Ce mal-heureux qu'amour auoit fait vostre
Se perd desia parmy tous vos amans,
Et vos beaux yeux le prenant pour vn autre
Ne luy donnent plus des regards si charmans,
    Et c'est ce qui fait mes tourmens.

❦❦❦❦❦❦❦❦❦❦❦❦❦❦❦

Autres couplets.

LXXXVII.

Pour Mademoiselle de Saueuſe.

Quoy de nos cœurs l'amoureuſe deffaite
A vos beaux yeux couſte ſi peu de temps,
Et vous ſongez à faire la retraite
Quand vous auez aſſaſſiné les gens?
Si c'eſt l'effet d'vne crainte ſecrette
Vous pouuez, Phylis, demeurer en ces lieux,
    On le pardonne à vos beaux yeux.

Ie vous apprends ſi voſtre cœur l'ignore
Que des amans icy l'on a le choix,
Et que pour eſtre vne brillante aurore
Vous ferez peu de progrez dans vos bois:
Quand vous ferez la Riuale de Flore,
Et que le Zephyr deuiendra voſtre amant,
        Hélas, vous n'aurez que du vent.

AVTRE COVPLET,

LXXXVIII.

Blesser nos cœurs sans auoir le cœur tendre,
Les captiuer malgré que l'on en ayt;
S'en faire craindre & les reduire en cendre
Leur inspirant & le chaud & le froid:
Quitter les gens, les forcer à se pendre
Sans oser encor se pendre qu'en secret,
    Phylis, voilà vostre portrait.

AVTRE COVPLET.

Le cœur pressé de ce mal ordinaire,
Qu'apres neuf mois vne belle craint tant,
La ieune Iris se plaint, se desespere,
Et contre amour fait vn cruel serment,
Mais des Sermons que la douleur fait faire:
Lors que le plaisir suit de prés le tourment,
    Autant en emporte le vent.

CHANSON

LXXXIX.

Belle Phylis, ie fçay qu'en mefme temps
Deux cœurs s'efforcent de vous plaire,
Mais ie ne fçay pour les rendre contens
Ce que le voftre pourra faire :
Vn doux regard, vn mot, vne douceur,
peut amufer & l'vn & l'autre,
Mais fi ces cœurs veulent chacun vn cœur,
A qui des deux fera le voftre ?

Pardonnez-moy, fi de pareils fecrets
Ie veux entrer dans le myftere,
De ces deux cœurs l'vn me touche de prés,
Et l'autre ne me touche guere :
Les rejetter ou les prendre tous deux,
Phylis , c'eft eftre vn peu cruelle,
Mais , s'il vous plaift, qu'vn des deux foit heureux,
Prenez le mien, c'eft le fidele.

CHANSON

LXXXX.

Si vos attraits sur mon cœur sont puissans
Mon cœur pour-eux est constant & fidele,
Mais ie ne puis ses voir tousiours absens,
Et leur promettre vne flamme eternelle:
Si ie ne vois vos beaux yeux de retour
Bien-tost, Iris, ie n'auray plus d'amour,
Si ie ne voy vos beaux yeux de retour
  Bien-tost, Iris, les miens perdront le iour.

Tandis qu'amour me tient sous vostre loy
De reuenir si vous perdiez l'enuie,
Ie pourrois bien respondre de ma foy
Mais ie ne puis respondre de ma vie:
Absent de vous, Iris, ie ne sçay pas
Comment on peut oublier vos appas,
Absent de vous, Iris, ie ne sçay pas
Comment on peut se sauuer du trespas.

CHANSON

LXXXXI.

Comme le beau cryſtal de l'onde
Se trouble par l'effort d'vn aimable Zephyr,
Ainſi d'Amaryllis la beauté ſans ſeconde
Qui fait les delices du monde
Se trouble d'vn ſouſpir.

Ses yeux au recit de ma peine
Perdent tout ce qu'amour a de charmans appas,
Et comme vn criminel accablé de ſa chaiſne
Mon cœur n'attend de l'inhumaine
Que l'arreſt du treſpas.

CHANSON

LXXXXII.

Entre la haine & le mespris,
Entre le mespris & la haine
Vous partagez, Iris,
Et mes iours & ma peine:
C'est outrager mon amitié,
Et vous deuez au moins laisser, belle inhumaine,
Quelques momens à la pitié.

CHANSON

LXXXXIII.

Vous galans à blondes tresses
De mille attraits partagez,
Tant que vos cœurs sans maistresses
D'amour seront dégagez,
Vous ferez peu de Lucreces,
    Et beaucoup de Langeys.

Ces Barbons que l'âge presse
Des Dames trop negligez,
Par des gens de vostre espece
Seront doublement vangez,
Car chez vous, point de Lucrece,
    Et beaucoup do Langeys.

L

*Chanson sur le mesme sujet, & sur le
mesme air.*

XCIV.

Ie n'ay pas la tresse blonde
Pour vous plaire & vous charmer,
Mais, ó beauté sans seconde,
M'en doit-on moins estimer ?
Mon cœur est le cœur du monde
Qui sçait le mieux aymer.

Que ces gens à blonde tresse
Fassent les gens precieux,
Que leur coiffure paroisse
Plus esclatante à vos yeux,
Pour seruir vne maistresse
Ils ne valent pas mieux.

CHANSON

X C V.

J'ay souffert que l'amour me brusle
Sans declarer que c'est pour vos appas;
Peu de gens ont vn tel scrupule
Quand il s'agit de souffrir le trespas.

Si ie dis que ie meurs, Syluie,
Gardez-vous bien d'en auoir du courroux;
Car encore que ie vous le die
C'est vn secret que ie ne dis qu'à vous.

J'aurois pû pour vous satisfaire
Forcer mon cœur à ne rien descouurir;
J'aurois pû mourir & me taire,
Mais sans me taire il suffit de mourir.

CHANSON

XCVI.

Quand vos rigueurs m'ordonnerent l'absence,
Helas, ie crûs en perdant l'esperance
Que ie perdrois le iour:
Mais ce qu'enfin n'a pu vostre cholere,
Phylis, le plaisir du retour.
Et vos yeux pleins d'amour,
S'en vont le faire.

Tous ces mespris dont vous traitiez ma flamme
Auoient porté la crainte dans mon ame
D'vn destin rigoureux:
Mais ce qu'enfin n'a pû vostre cholere,
Phylis, vn retour bien-heureux,
Vn regard amoureux
S'en va le faire.

CHANSON

XCVII.

Faut-il donc que ses yeux
Où triomphe l'amour d'vn air imperieux,
R'allument dans mon cœur des flammes mal
    esteintes ?
Gardons-nous mal-heureux de leurs enchante-
    mens,
    Esuitons leurs atteintes,
Trop souuent la recherche est funeste aux amans

M. OXCVHI.

DIALOGVE.

Daphnis.

Il est temps d'exprimer nos amoureuses flammes.

Amaryllis.

Si l'amour a des feux, s'il tourmente les ames,
Mon cœur ne le connut iamais.

Daphnis.

Ton cœur peut-il contredire ta bouche
Quand tu te plains du beau feu qui te touche?

Amaryllis.

Ie mesprise l'amour, ie me ris de ses traits.

Daphnis.

Cruelle.

Daphnis, Amaryllis.

Ioignons donc nos souspirs & nos plaintes
Meslôs nos cœurs, nos voix, passôs ainsi nos iours,
Et faisons viure nos amours
Veritables ou feintes.

***

DIALOGVE.

Tyrsis.

Faut-il, ô beauté que i'adore,
Abandonner tes yeux,
Et respirer encore?

Phylis.

Si tu quites ces lieux
Permets, Tyrsis, que mon ame te suiue.

Tyrsis.

Souffre plustost que la mienne captiue
Expire en ce triste moment.

L iiij

Phylis.

O Dieux l'estrange mouuement
Dont ie suis combattuë ?

Tyrsis, Phylis.

Helas Tyrsis, que tu me fais souffrir ?
      Phylis,
Mon mal n'est plus ce qui me tuë,
C'est le tien qui me fait mourir.

CHANSON

C.

Abſent de vous ie mets tout en vſage
Pour deſcouurir mes amoureux deſirs,
Les pouuez-vous ignorer dauantage
    Si mes ſouſpirs
   Vous en ſont le meſſage ?

Le beau ſeiour que voſtre cœur habite
N'eſt pas ſi loin que l'on n'y puiſſe aller,
Et mes ſouſpirs qui volent aſſez viſte
    Pour vous parler
   Y vont coucher au giſte.

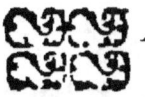

RESPONSE,

CI.

A vn Poëte de Prouince qui aimoit la Dame pour
qui ces couplets precedens furent faits, & qui y
auoit respondu auec ialousie, disant que les souspirs ne vont point, si les Zephyrs ne les portent.

Quand on veut faire vn amoureux voyage,
Il faut, Tyrsis, bien consulter le sort,
Car ie connois des soûspirs de village
    Qui dés le port
  Ont toufiours fait naufrage.

De tels soûspirs vn objet qui s'irrite
Ne fait iamais qu'vn mespris rigoureux,
Et le Zephyr qui les porte en visite,
    Fait auec eux
  Souuent vn mauuais giste.

Qui vid iamais des soûspirs vn peu sages
Faire parler des muettes langueurs?
Et n'est-ce pas au pays des sauuages
    Qu'on tient aux cœurs
  De si pauures langages?

CHANSON

CII.

Apres vne longue absence
Dites-moy, belle Cloris
Si malgré vostre constance
Enfin vostre cœur est pris,
Ou s'il a fait resistance
Aux fleurettes de Paris.

Au sortir d'vn lieu sauuage
Où l'on a fait son sejour,
Lors qu'vne belle s'engage
Dans les plaisirs de la Cour,
Ha qu'vn amoureux langage,
Peut inspirer de l'amour ?

Mais en ce lieu plein de charmes
Si quelque indiscret amant
Respandoit pour vous des larmes
Et vous disoit son tourment,
Au lieu de rendre les armes,
Cloris, dites-luy qu'il ment.

Ie ſçay que vous eſtes belle,
Que vos yeux ſont eſclatans,
Mais pour vn amant fidelle
Il en eſt mille inconſtans,
Vous deuez eſtre cruelle
Aux deſirs de telles gens.

Soyez pour eux inhumaine
Afin que ie ſois vangé,
Mais c'eſt peu de voſtre hayne
C'eſt peu meſme d'vn congé,
Cloris, il faut pour leur peine
Qu'ils ſouffrent celle que i'ay.

CHANSON

CIII.

Que Mademoiselle me commanda de faire sur le chant du Petit bon homme *, sur lequel on auoit fait des couplets Satyriques.*

Sur vn chant propre à Satyre
Lors qu'vne ame est en courroux,
Bethune, c'est vn martyre
Quand il faut parler de vous,
Mais apres tout s'il en faut mesdire
Vous n'auez point les yeux doux.

Vous ne fustes iamais belle,
Vos traits n'ont rien de charmant,
Vostre humeur n'est point cruelle
Aux fleurettes d'vn amant,
Et l'on sçait bien que Mademoiselle
Ne vous ayme nullement.

CHANSON

CIV.

Ne croyez pas, Clymene,
Mettre vn cœur à la chaifne
Malgré que l'on en ayt:
Lors que fans vous deffendre
Il vous plaira de rendre
Vn amant fatisfait,
Ie feray voftre fait.

Vous eftes fans feconde,
On ne void point au monde
Vn objet plus parfait:
Mais quand mon cœur fonfpire
Et que tout fon martyre
N'a fur vous point d'effet,
Vous n'eftes pas mon fait.

CHANSON

C V.

Tristes deferts, tefmoins de mon martyre,
Douce retraite à qui verfe des pleurs,
Vous m'inuitez à plaindre mes mal-heurs,
Mais loin des yeux pour qui mon cœur fouſpire,
Triftes deferts qu'auez-vous à me dire ?

L'aymable objet qui fait toutes mes peines
Abfent de moy rend mes plaifirs abfens,
Il peut tout feul refpondre à mes accens,
Et vos echos, vos rochers, vos fontaines
N'ont pour mes feux que des refponſes vaines.

CHANSON

C V I.

Tesmoins de mes douleurs, agreables Zephyrs,
Qui portez à phylis mes amoureux souspirs,
Descouurez-luy mon cœur, & d'vn air gracieux
Dites-luy que ie meurs, esloigné de ses yeux,
Mais sur tout ramenez cette belle en ces lieux.

Tremblez à son abord, respectez sa beauté,
Et gardez-vous, Zephyrs, d'vne infidelité:
Hastez vostre retour, fuyez des traits si doux,
Et songez qu'vn moment peut faire deux ialoux,
Flore aussi bien que moy ne peut viure sans vous.

✱✱✱✱✱✱ ✱✱✱✱✱✱✱✱✱✱✱

SECOND LIVRE
de Chanfons.

ᘓᘔᘓᘔ

I.

DIALOGVE
Des Mufes qui defcendent de la
Tour de Blois, pour porter vn
Momon à leurs Alteffes Roya-
les, & à Mefdemoifelles.

ᘓᘔᘓᘔ

Recit.

ᘓᘔᘓᘔ

Melpomene.

ᘓᘔᘓᘔ

Du Temple d'Vranie
Nous aportons à vos grandeurs
Vne douce harmonie.

Vranie.

Laiſſez toucher vos cœurs
Au bruit de noſtre ſymphonie.

Melpomene.

C'eſt de vous, noble ſang des Roys,
  Que nos luts & nos voix
Font reſonner les diuines loüanges.

Vranie.

Les nations les plus eſtranges
Font mille vœux de viure ſous vos loix.

Melpomene, Vranie, & le chœur des
Muses.

Et nous malgré l'Astre du monde
Qui de tout'temps a presidé sur nous,
Par des chants eternels nous publions à tous
Qu'abandonnans sa lumiere feconde
Nous ne suiurōs iamais d'autres Astres que vous.

II.

COVRANTE,

Hé quoy pour vn mot, Amarante,
Qu'il faut m'annoncer-
Voulez-vous me laisser
Dans l'attente
Sans le prononcer ?
Parlez & mon cœur qui sonspire
Verra son martyre
Se guerir bien-tost,
Mais il faut que ce mot qu'il vous plaira me dire
Soit le dernier mot.

III.

Que ne fait point vn tœur lors qu'il vous ayme
Pour visiter l'objet de ses amours ?
Sans cesse il va, tous chemins luy sont courts,
Il vole auec vne vistesse extréme,
Mais au retour il n'en est pas de mesme.

A se haster son feu le sollicite
Porté du vent de ses bruslans soulpirs,
Mais vos beaux yeux & ses ieunes desirs
Le meneroient d'vne aisle bien plus viste
S'il obtenoit vn cœur en sa visite.

I V.

Couplets faits à Blois le Dimanche gras.

Ie voudrois bien vous aller rendre hommage
Par mes souspirs les tesmoins de mes feux,
Mais ces souspirs sont nez dans le village,
Et trop honteux,
Pour faire vn tel voyage.

Si dans ce temps quelqu'vn ose paroistre
Deuant l'objet qui m'a blessé le cœur,
C'est vn souspir sous vn masque champestre
Qui meurt de peur
De se faire connestre.

Quand on verra dans la saison nouuelle
Regner par tout l'amour & ses plaisirs,
Lors on verra voler la Tourterelle,
Et mes souspirs
Voleront auec elle.

Pour Mademoiselle d'Orleans,

V.

Mille cœurs enchaiſnez viennent dans ces beaux
lieux
Pour adorer les yeux
De la ieune Syluie,
Et par vne merueille inconnuë à la Cour
Ses regards font naiſtre l'amour,
Et font mourir l'enuie.

Tel eſt l'Aſtre du iour dans ſes douces chaleurs,
Il reſpand ſur les fleurs
Sa lumiere feconde,
Il eſt auſſi brillant qu'il eſt aymé de tous,
Et peut ſans faire des ialoux
Regner ſur tout le monde.

CHANSON

VI.

Depuis que vos regards plus brillans que le iour
N'eſclairent plus ce beau ſeiour
Et qu'ils nous priuent de leurs charmes,
On ne void dans ces lieux triſtes infortunez
Que des torrens de larmes
Où s'abyſment les cœurs que vous abandonnez

Ces aymables foreſts où vos yeux eſclatans
Auoient fait naiſtre vn doux printemps
Qui flatoit mon cruel martyre,
Sont des lieux deſolez par la rigueur du ſort,
Et l'amoureux empire
Deuient en vous perdant l'empire de la mort.

POVR

✳✽✳✽✳✽✳✽✳✽✳✽✳✽✳✽✳✽✳✽✳

Pour Madame la Princesse
d'Angleterre.

CHANSON

VII.

Beauté dont les attraits charmans & redoutables
Ont defia fait trébler les plus puiffans des Dieux,
    N'abandonnez iamais ces lieux
Où l'on adore moins vos grandeurs adorables
    Que le doux efclat de vos yeux.

Les cœurs que le deftin vous promet & vous
    donne
N'afpirét qu'à brûler pour defi beaux vainqueurs,
    Mais l'amour veut qué de ces cœurs
L'vn reçoiue en ces lieux fon aymable couronne,
    Et les autres mille rigueurs.

M

POVR LA MESME,

CHANSON VIII.

Dans la nuit agreable
De ces champestres lieux,
D'où vient l'esclat aymable
Qui fait rougir les Cieux,
Ha Princesse adorable,
C'est l'esclat de vos yeux.

Les souspirans de Flore,
Dans ce bois escarté
Vous prendroient pour l'Aurore
Qui nous rend la clarté,
Si cette belle encore
N'auoit moins de beauté.

La blonde Tourterelle
Voyant des yeux si doux
Deuient vne infidele,
Et dit sans cesse à tous,
Ha que vous estes belle,
Ie veux changer pour vous.

CHANSON

IX.

Il n'est rien de plus tendre,
Que ie le suis pour vous,
Vos attraits sont si doux
Que reduit à me rendre
Ie le dis deuant tous,
Il n'est rien de plus tendre
Que ie le suis pour vous.

Il n'est rien de moins tendre
que vous l'estes pour moy,
Ie meurs sous vostre loy,
Et ie ne puis comprendre,
Celimene, pourquoy
Il n'est rien de moins tendre
Que vous l'estes pour moy.

M ij

CHANSON

X.

Phylis , c'eſt trop de reſiſtance,
Que voſtre cœur ſe rende à ma perſeuerance,
Il ne s'eſt que trop deffendu,
Pourquoy vous monſtrer ſi ſeuere?
Vn moment nous peut ſatisfaire
Vous de m'auoir gagné, moy de m'eſtre perdu.

CHANSON

XI.

Voſtre cœur & vos yeux ſemblent ne conſpirer
qu'a tourmenter mon cœur d'vne peine infinie:
Vos yeux charmans m'ordonnent d'eſperer,
Et voſtre cœur m'oſte la vie,
Qui croiray-ie, Syluie?

M iij

CHANSON

XII.

Si de Phylis, le cœur ieune & feuere
Par fes rigueurs nous peut tous con umer,
C'eſt que ſes yeux ont defia l'art de plaire,
Et que ſon cœur n'a pas celuy d'aymer.

Mais il a beau ſe rendre incroiable,
L'amour m'apprend qu'on ne l'eſt pas touſiours,
Vn temps viendra que ce cœur indomptable
Aura befoin luy-meſme de ſecours.

CHANSON

XIII.

Iris est de retour, & ses yeux pleins de charmes
　　　Vous donnent des iustes allarmes,
Beautez qui des attraits luy disputez le prix;
Mais n'en murmurez point, songez à vous con-
　　　traindre,
　　De tous les cœurs qui se plaignent d'Iris,
　　　Les vostres sont les moins à plaindre.

Au dangereux esclat de ses bruslantes flammes
　　　Desia mille inconstantes ames
Ont quitté vostre empire & suiuent ses appas,
Mais Iris vangera cette iniure mortelle,
　　Et ses beaux yeux vont par vn prompt trespas
　　　Punir cette troupe infidele.

CHANSON

XIV.

A Mademoiselle.

Vous dont les yeux font plus dignes d'vn temple
Que le bel Aftre à qui l'on doit le iour,
Vous eftonnez toute la Cour
Quand voftre cœur y fait à fon exemple
Regner Pallas fur la Reyne d'amour.

Apres le fort du berger de pergame
Si l'on ofoit prononcer à fon tour,
On vous diroit que dans la Cour
Ce que le monde appelle vne belle ame,
Doit aux vertus mefler vn peu d'amour.

COVRANTE,

XV.

Ie veux que mon fidele amour
Aille la nuit & se cache le iour,
Et que le feu qui fait ma plainte
Soit secret aux yeux de toute la Cour:
Si mon cœur vous faisoit le tour
De declarer, ingrate Amynte,
Le mal qu'il souffre de vos traits vainqueurs,
Que diroit-on de toutes vos rigueurs?

On peut auoir ainsi que vous
Le teint brillant, les yeux charmans & doux,
Mais de monstrer de la cholere
Quand ie dis que ie me rends à vos coups
C'est vn defaut qu'on cele à tous,
Et si mon cœur ne vouloit taire
Le mal qu'il souffre de vos traits vainqueurs,
Que diroit-on de toutes vos rigueurs?

M ♥

CHANSON

XVI.

Phylis est de retour
A mes yeux touſiours belle,
Mais pour la rendre à l'amour
Touſiours ingrate & rebelle
Ses rigueurs auec elle
Sont auſſi de retour.

Mon cœur, ie ne ſçay pas,
Où ton eſpoir ſe fonde,
Quand phylis & ſes appas
Iroient iuſqu'au bout du monde,
Sa rigueur ſans ſeconde
Ne la quiteroit pas.

CHANSON

XVII.

La belle Iris est reuenuë
Auecque ces beaux yeux & ces attraits vainqueurs
Dont elle estoit pourueuë,
Mais ie ne sçay qui trouble plus nos cœurs
Ou du plaisir que nous donne sa veuë
Ou du tourment que nous font ses rigueurs.

CHANSON

XVIII.

Mon cœur laſſé d'amour & des fiertez d'Iris,
Ne conceuoit que deſdains, que meſpris
  Pour tous les charmes d'vne belle,
Mais l'amour irrité d'vn deſſein ſi rebelle
A fait voir à mes yeux deux b..lles qui l'ont pris.

L'vne a dans ſes attraits de ſi douces langueurs,
L'autre a des yeux qui portent dans les cœurs
  Vne bleſſure ſi profonde
Que ie le donne au cœur le plus braue du monde!
De pouuoir reſiſter contre tant de vainqueurs.

CHANSON

XIX.

Reuenez, belle Iris, reuenez en ces lieux,
Ne me retenez plus dans vn double martyre,
C'eſt vn aſſez grand mal d'eſtre abſent de vos
yeux
Sans me voir loin du cœur à qui ie puis le dire.

Voſtre cœur & vos yeux ont eu cette rigueur
Que l'vn n'a point voulu ſe ſeparer des autres,
Mais vous deuiez au moins me laiſſer vôtre cœur
Pour conſoler mes yeux de l'abſence des voſtres.

CHANSON

X X.

Quoy que Sappho vous inspire
par ses conseils dangereux,
Sçachez que dans son empire
L'amour n'est point rigoureux:
Il n'ayme point la souffrance,
Car si la douce esperance
D'abord ne vient au secours
Adieu les tendres amours.

Les passe-temps agreables,
Les ieux, les ris, les appas,
Sont les habitans aymables
Qu'amour veut dans ses estats:
Les chagrins, peuple inutile
Y font la guerre ciuile,
Et ce Dieu pour son repos
Les bannit fort à propos.

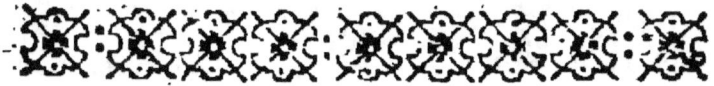

XXI.

I'ay donc veu, mal-heureux, terminer les beaux
iours
De l'adorable obiet de mes tendres amours,
Et ie ne puis des miens finir ce qui me reste,
Defefpoir & douleurs, venez me fecourir,
Et fauuez-moy de la honte funefte
De ne pouuoir mourir.

XXII.

Ie m'eſtois reuolté contre amour & ſes feux,
Et libre ie croyois viure touſiours heureux;
      Mais deſia ma raiſon chancelle,
Mon cœur à des beaux yeux malgré moy s'eſt
      ſouſmis,
      Et ie voy bien que l'infidele
Ne craint point de s'entendre auec mes ennemis

CHANSON

XXIII.

Pour vous dire en termes doux,
Belle Iris, que ie vous ayme,
Et que mon mal est extréme,
A quoy bon tant de courroux ?
S'il falloit tenir secrette
Mon amour qui vous esmeut,
Sçachez qu'vne chansonette
Ne dit rien si l'on ne veut.

De vostre iniuste rigueur
Qui fait mon cruel martyre
Bien qu'icy i'ose vous dire
Tout ce que pense mon cœur:
Mon ame est autant discrette
Qu'en amour estre on le peut,
Et ie sçay qu'en chansonette
On dit tout ce que l'on veut.

Pour Madame la Princesse
d'Angleterre.

CHANSON

XXIV.

L'aymable Iris est reuenuë,
Cessez, regrets, abandonnez la Cour,
Laissez regner le printemps & l'amour
   Dans ces beaux lieux qui l'ont reueuë,
Et permettez aux Echos d'alentour
De repeter qu'Iris est reuenuë.

Si dans son cours l'Astre du monde
Erre sans cesse, & ioint la nuit au iour,
La belle Iris promet à son retour
   Vne clarté moins vagabonde,
Et ses regards dans ces lieux d'alentour
Ont desia fait ceder l'Astre du monde.

XXV.

A Monſieur & Madame, ſur leur Mariage.

Viuez heureux autant qu'aymables,
Iennes amans, dans vos tendres amours,
Que pour iamais le Ciel donne à vos iours
  D s regards doux & fauorables,
Et comme il eſt eternel en ſon cours
Qu'il rende vos plaiſirs auſſi durables.

Viuez conſtans, viuez fideles,
Et n'eſteignez iamais des feux ſi doux,
Que vos plaiſirs faſſent mille ialoux,
  Et rendent vos flammes ſi belles
Qu'on ſçache enfin que des Dieux comme vous
Les naiſſantes amours ſont immortelles.

F I N.

PRIVILEGE DV ROY.

LOVIS par la grace de Dieu, Roy de France &
de Nauarre : A nos Amez & Feaux Conseil-
lers, les Gens tenans nos Cours de Parlement, Mai-
stres des Requestes ordinaires de nostre Hostel,
Baillifs, Seneschaux, Preuosts, leurs Lieutenans, &
à tous autres nos Iusticiers & Officiers qu'il ap-
partiendra. Salut ; Nostre amé LOVIS BILLAINE,
Marchand Libraire de nostre bône ville de Paris,
nous a fait remonstrer qu'il auoit recouuré vn
Liure intitulé, *Ioconde nouuelle, & autres Oeu-*
ures Poëtiques du Sieur Bouillon, lequel il desire-
roit faire imprimer, mais craignant que quelques
Libraires, ou autres emuieux de son trauail ne vou-
lussent luy contrefaire & l'imprimer, tant sur sa co-
pie que sur d'autre , il nous a tres-humblement
supplié de luy accorder pour ce nos Lettres de per-
mission & priuilege. A CES CAVSES, voulant fauora-
blement traiter l'Exposant ; Nous luy auons permis & permettrons , d'imprimer ou faire imprimer
ledit Liure , en tel volume qu'il iugera bon estre
durant l'espace de sept années , à compter du iour
qu'il sera acheué d'estre imprimé pour la premiere
fois: Faisant tres-expresses deffenses, à toutes per-
sonnes de quelque qualité & condition qu'elles
soient, de l'imprimer, vendre, ny distribuer, sous
pretexte de correction , changement de Titre , ou
autrement en quelque sorte & maniere que ce soit,
mesme d'en apporter, vendre, & distribuer de ceux

qui pourroient estre contrefaits és pays Estrãgers, à peine de confiscation des Exemplaires contrefaits, de tous despens, dommages, & interests, & de quinze cés liures d'amande, applicable à l'Hospital General de nostre bonne ville de Paris, à condition qu'il sera mis deux Exemplaires dudit Liure dans nostre Bibliotheque publique, vn dans nostre Cabinet, & vn en celle de nostre tres-cher & Feal Cheualier, Comte de Gyen, Chancelier de France, le Sieur Seguier, auant que l'exposer en vente, à peine de nullité des presentes; du contenu desquels nous voulons & vous mandons, que vous faßiez iouyr dans tous les lieux de nostre obeyssance ledit BILLAINE, ou ceux qui auront droit de luy, sans souffrir qu'il leur soit donné aucun empeschement, & qu'en mettant au commencement ou à la fin dudit Liure vn Extrait des presentes, elles soient tenuës pour bien & deuëment signifiées: Mandons au premier nostre Huissier ou Sergent sur ce requis, faire tous exploits necessaires sans demander autre permißion : CAR tel est nôtre plaisir, nonobstant oppositions ou appellations quelconques, & sans preiudice d'icelles, desquelles nous nous reseruons la connoissance,& à nostre Conseil, nonobstant Clameur de Haro, Chartre Normande,& autres Lettres à ce contraires.Donné à Paris le quatorziesme iour de Ianuier, l'an de Grace mil six cent soixante-trois , & de nostre Regne le vingtiesme.

Par le Roy en son Conseil.

IALENTIN.

Ledit Billáine a affocié auec luy Thomas Iolly, Charles de Sercy, & Iean Guignard fils, Claude Barbin.

Regiſtré dans le Liure de la Communanté des Libraires & Imprimeurs de cette Ville, le 14. Mars 1663 ſuiuant l'Arreſt de la Cour de Parlement, du 8. Auril 1653.

DVBRAY, Syndic.

Acheué d'imprimer pour la premiere fois le 21. de May 1663.